PHILIPPE-AUGUSTE,

POEME HÉROÏQUE

EN DOUZE CHANTS,

PAR F. A. PARSEVAL,

MEMBRE DE L'ACADÉMIE FRANÇAISE.

Seconde Edition.

TOME II.

PARIS,

AIMÉ ANDRÉ, LIBRAIRE, QUAI DES AUGUSTINS, Nº 59.

PONTHIEU ET Cie, LIBRAIRES, PALAIS-ROYAL.

M. DCCC. XXVI.

PHILIPPE-AUGUSTE.

TOME II.

IMPRIMERIE DE H. FOURNIER,

RUE DE SEINE, Nº 14.

PHILIPPE-AUGUSTE,

POÈME HÉROÏQUE

EN DOUZE CHANTS,

PAR F. A. PARSEVAL,

MEMBRE DE L'ACADÉMIE FRANÇAISE.

Seconde Édition.

TOME II.

PARIS,

AIMÉ ANDRÉ, LIBRAIRE, QUAI DES AUGUSTINS, N° 59;

PONTHIEU ET Cie, LIBRAIRES, PALAIS-ROYAL.

M. DCCC. XXVI.

CHANT VII.

I

ARGUMENT.

Conférence entre Philippe et Salsbéry. — Efforts des vassaux de Jean-sans-Terre, pour lui refuser leur secours ; il se déclare vassal de la cour de Rome, qui les soumet à son obéissance. — Philippe s'empare des conjurés qui conspirent sa perte. — Ils sont dégradés du rang de chevalier, et livrés à la mort. — Songe de Thibaut. — Blanche obtient sa grace et le délivre. — Le légat du pape se rend à Paris pour s'opposer aux entreprises de Philippe; il défend aux vassaux du roi de s'armer pour le défendre, et lance un interdit sur toute la France. — Terreur qu'il inspire; le roi le fait arrêter. — Suite de l'interdit.

PHILIPPE-AUGUSTE,

POÈME HÉROÏQUE.

~~~~~~~~~~~~~~~~~~~~~~~~~~~~~~~~

CHANT VII.

La nuit vient; du palais ses ténèbres s'emparent;
Des convives bientôt les groupes se séparent.
Philippe est resté seul, et songe aux potentats
Dont la ligue s'apprête à ravir ses États;
Il craint de ce volcan l'explosion prochaine,
Et, d'un pacte odieux pour dissoudre la chaîne,
Il veut tenter encor quelques nouveaux moyens

De réunir entre eux, par de fermes liens,

Les héros de la France et ceux de l'Angleterre.

Il mande Salsbéry, ce guerrier qui naguère

Fut par lui dans Rouen préservé du trépas :

Vers les murs de Lutèce il a porté ses pas ;

Là, pour se délivrer d'un mal qui le dévore,

Il consultoit souvent l'oracle d'Épidaure.

« Brave Anglais, dit le roi, j'honore ton malheur,

« Car je sais dès long-temps que ta haute valeur

« Regarde avec mépris la gloire sanguinaire

« Qui n'offre aux conquérants qu'un lustre imaginaire,

« Quand elle ne propose à leur ambition

« Que le malheur de l'homme et sa destruction.

« Le trop fameux Richard, qui fut jadis ton maître [1],

« De cette vérité fut l'exemple peut-être.

« Illustre, mais funeste au bonheur des humains,

« Que de fois dans leur sang il a trempé ses mains !

« Pour éblouir son siècle et les races futures,

« D'un errant chevalier cherchant les aventures,

« Comme un grand météore, en passant il a lui ;

« Qu'a-t-il fait, cependant ? qu'est-il resté de lui ?

« Par son chevaleresque et turbulent délire

« Il inspira souvent le théorbe et la lyre ;

« Ses vers sont l'ornement du léger fabliau ;

« Mais, plus sévère un jour, la plume de Clio

« Refusera l'éloge à cet affreux courage

« Qui n'a su qu'enfanter la mort ou l'esclavage.

« Je sais que vos barons, pour protéger leurs droits,

« S'efforçant de borner l'empire de vos rois,

« Réclament une charte, espoir de la Tamise,

« Par l'antique Édouard à ses vassaux promise ;

« Mais ce pacte qui doit fonder votre avenir,

« Sans le calme et la paix pourrez-vous l'obtenir ? »

« — Non, seigneur, et la paix bien solide et durable

« Qu'appellent tous mes vœux sans doute est préférable

« A des combats pour nous d'autant plus odieux,

1.

« Qu'aujourd'hui nul éclat ne les pare à nos yeux.

« L'Anglais chérit ses rois; mais il craint les entraves [2],

« Qui changent les sujets en malheureux esclaves;

« L'Anglais veut être libre; et quand l'autorité

« Parvient à l'asservir, de son joug irrité,

« Il s'affranchit bientôt du pouvoir qui le dompte

« Des fautes de son maître il se fait rendre compte,

« Et, rentrant furieux dans son rang oublié,

« Se rattache au contrat dont il s'étoit lié;

« Contrat qu'a trop souvent déchiré la victoire,

« Et que, pour l'effacer, ensanglante la gloire,

« Mais que la liberté, malgré leur effort vain,

« Dans tous les cœurs anglais grave en lettres d'airain.

« L'Anglais, renouvelant ce traité noble et juste,

« Désire consacrer dans une charte auguste

« Du prince et des sujets les légitimes droits;

« J'ose en proposer une, et j'en fixe les lois [3] :

« Je veux qu'appuis du trône et de chaque province

« Les députés du peuple, et les grands, et le prince,

« Représentent l'État par un triple pouvoir

« Qui, protégeant l'Anglais, lui dicte son devoir.

« Les nobles et les grands dont le roi s'environne,

« En qui se réfléchit l'éclat de la couronne,

« Même en s'intéressant au pouvoir souverain,

« S'ils en craignent l'abus sauront y mettre un frein.

« Les députés du peuple, appuyant des communes

« Les droits foibles encore et les humbles fortunes,

« D'une liberté sage intrépides garants,

« Surveilleront toujours l'autorité des grands;

« Et le roi, respectant la loi toute puissante,

« Ne pourra déployer qu'une force innocente.

« Ainsi ces trois pouvoirs, différents, mais égaux,

« L'un sur l'autre appuyé, l'un de l'autre rivaux,

« S'attaquant, s'unissant, se balançant ensemble,

« Devront toute leur force au nœud qui les rassemble.

« Le sort de vos États, dont vous réglez le cours,

« N'a pas besoin, seigneur, de ces puissants secours;

« Chez vous chacun bénit votre règne prospère;

« On vous respecte en prince, on vous chérit en père;

« Et comme vous savez cet art de commander,

« Permettez qu'à mon tour j'ose vous demander

« Par quels moyens puissants vous faites reconnoître

« Et suivre à vos sujets l'ordre absolu d'un maître.

« — J'ai su m'en faire aimer ; mon pays désormais

« Peut abjurer mes lois, mais me haïr, jamais.

« Le pouvoir féodal, aux rois toujours contraire,

« Les avoit enchaînés à son joug arbitraire,

« Quand Rome aux souverains, pour la première fois,

« Ordonna d'arborer le signe de la croix.

« Soudain se réveillant, et s'emparant du glaive,

« Princes, comtes, barons, rois, sujets, tout se lève,

« Tout s'enrôle, tout part : une sainte ferveur

« Précipite l'Europe au tombeau du Sauveur.

« Des enfants d'Ismaël l'inspirante contrée,

« La terre qui porta les héritiers d'Atrée,

« La terre du génie où marchoient nos soldats,

« Avec ses vieux tombeaux, tressaillit sous leurs pas.

« La Grèce à nos aïeux, d'immortelle mémoire,

« Montra quelques feuillets de sa brillante histoire ;

« Sion leur soupira des cantiques pieux,

« L'ombre antique d'Homère apparut à leurs yeux ;

« Et ce vaste Orient conquis par Alexandre

« De ses grands souvenirs ne parut point descendre.

« Que dis-je? aussi grand qu'eux, le puissant Saladin

« Faisoit briller les arts aux rives du Jourdain,

« Et, par eux éclairés, au sein de leur patrie

« Nos peuples rapportoient des germes d'industrie ;

« Tandis que, ruinés par de pieux combats,

« Tous mes nobles vassaux, pour armer des soldats,

« Et grossir les débris de leurs tristes fortunes,

« Permettoient à leurs serfs, réunis en communes,

« D'échapper à leur joug en payant à prix d'or

« La douce liberté, bien plus rare trésor :

« L'arbitraire s'enfuit avec tous ses supplices ;

« Le peuple se créa des patrons, des milices ;

« Contre les grands armés il défendit ses droits,

« Lia ses intérêts à la cause des rois ;

« Et, pour mieux résister au suzerain rigide,

« Souvent de mon pouvoir il se fit une égide.

« Contre l'oppression toujours je le défends,

« Et l'hydre féodale en ses plis étouffants

« N'enchaîne plus ses bras livrés à la culture.

« La triste servitude engourdit la nature [4];

« Jamais à la moisson l'esclave ne sourit;

« Il arrose de pleurs le pain qui le nourrit;

« Il appartient au sol comme l'arbre et la plante;

« Vil bétail, et pareil à la brebis bêlante,

« Il naît pour qu'on l'égorge; il souffre pour autrui;

« Sa récolte, son toit, son sang, rien n'est à lui :

« Il transmet son malheur à sa triste famille,

« A sa femme éplorée, à son fils, à sa fille,

« Qui, pâles héritiers de l'opprobre et des fers,

« Lèguent à leurs enfants les maux qu'ils ont soufferts,

« Jusqu'au jour où l'hymen, en maudissant ses chaînes,

« Refuse d'enfanter des victimes humaines.

« Mais quand la liberté sourit aux champs heureux,

« Celui qui les cultive est fortuné par eux ;

« Le cœur plein d'allégresse il voit ses gerbes naître;

« L'égalité s'assied à sa table champêtre ;

« L'espoir au front riant anime ses travaux,

« Et le plus doux sommeil lui verse ses pavots.

« Ainsi l'humanité, la politique même,

« Prodiguent mes secours au laboureur que j'aime,

« Et souvent il parvient, de mes bienfaits comblé,

« A secouer le joug qui l'auroit accablé.

« Ainsi de mes vassaux la haine circonspecte

« Voit un arbitre en moi qu'il faut qu'elle respecte ;

« Et du peuple contre eux l'amour est mon appui.

« La paix, non moins qu'à vous, lui convient aujourd'hui ;

« Je la veux, et pourvu qu'à mon puissant domaine

« J'unisse pour jamais la Neustrie et le Maine,

« L'Aquitaine et l'Anjou, par mes armes soumis,

« Je ne vous compte plus parmi mes ennemis :

« C'est peu ; je vous invite, en terminant la guerre,

« A régner sur les eaux autant que sur la terre.

« De l'altière Venise imitant les efforts,

« Comme elle en Orient échangez ces trésors

« Qui des flots asservis la rendent souveraine.

« Les coups frappés par vous sur la mer de Tyrrhène

« Aux murs de Brescia bientôt retentiront ;

« De richesses bientôt vos ports se couvriront,

« Et vous aurez conquis, non des champs et des villes,

« Mais l'active industrie et ses travaux utiles ;

« Vous verrez tous les arts, qu'elle saura nourrir,

« En foule à votre voix dans vos murs accourir,

« Et le Vatican même, avec son vieux conclave,

« De votre or à vos pieds sera l'auguste esclave. »

Ainsi parle Philippe au héros citoyen ;

Et désirant former un solide lien,

Qui joigne les Anglais aux enfants de la France,

Il lui fait de la paix embrasser l'espérance.

Quand ils ont disposé les articles secrets

Qui doivent balancer de si grands intérêts,

Salsbéry vers son roi se rend, et se dispose

A lui faire accepter la paix qu'on lui propose ;

Mais son zèle a trouvé des obstacles plus grands

Qu'il ne les attendoit du plus vil des tyrans.

De la France chassé ce roi se flatte encore,
De reprendre un pays qu'en espoir il dévore :
Salsbéry s'en indigne ; il voit les grands barons
Prêts à rompre le joug qui pèse sur leurs fronts,
Abhorrer un tyran fléau de l'Angleterre,
Qui, seul ayant causé les malheurs de la guerre,
Va pour la guerre encore implorer leurs secours :
Veut-il de leur détresse éterniser le cours ?
Il faut que ses vassaux s'arment de résistance,
Et ne lui prêtent plus leur servile assistance,
Tant qu'il refusera d'accorder à leurs vœux
Cette charte promise à leurs derniers neveux.

C'est leur ferme dessein ; déjà leur ame altière
Prétend de la révolte arborer la bannière,
Si, violant la foi de ses engagements,
Plantagenet enfin n'acquitte ses serments.
Se voyant refuser les secours qu'il réclame,
Il recèle en son cœur le courroux qui l'enflamme ;
Car la fée hypocrite, enfant de Lucifer,

2

Qui conseille aux humains les ruses de l'enfer,

En ce moment fatal sur lui plane et l'inspire.

Des refus qu'il éprouve il gémit, il soupire;

Sous le poids du malheur il se dit écrasé,

Et, d'un zèle pieux feignant d'être embrasé,

Met son empire aux pieds du pontife suprême,

Qui l'accepte, et soudain lui rend son diadême.

Ce monarque odieux, couronné par sa main,

S'est déclaré vassal du pontife romain,

Et pour le protéger déployant sa puissance,

Rome a soumis les grands à son obéissance.

Tout est changé : l'impôt, prodiguant son trésor,

Vers le trône à l'instant jaillit en source d'or;

Promise au peuple, aux grands, et presque publiée,

La charte est disparue ou languit oubliée;

Plus de paix, et la presse, aux ongles ravisseurs,

Court enlever encor les frères à leurs sœurs,

A leurs pères les fils; et les vents sur les ondes

Vont promener encor leurs prisons vagabondes.

Le noble Salsbéry, désespéré, confus,

D'un monarque parjure accusant les refus,

Plaint les Anglais privés de leur indépendance,

Et gémit des malheurs que prévoit sa prudence.

Philippe n'attend plus la paix que de son bras.

Guerre aux fils d'Albion, comme aux Français ingrats

Dont la haine infernale incessamment conspire

A détrôner leur prince, à livrer son empire.

Leurs crimes trop long–temps sont restés impunis;

Le roi veut immoler ces traîtres réunis

Dans les noirs souterrains et les profonds abîmes

Où la rébellion médite en paix ses crimes;

Mais à peine sa troupe avance vers ces lieux,

Qu'environnent partout des bois mystérieux,

Dans l'ombre il aperçoit mille horribles fantômes.

Ainsi la fable, au sein des ténébreux royaumes,

Réunissoit des Sphinxs, des Hydres, des Pythons,

D'aboyantes Syllas, de pâles Alectons,

Des Chimères en feu, des Larves, des Centaures,

De triples Gérions et d'affreux Minotaures.

Le bois même s'anime agité par les vents;

Des cris roulent sortis de ses arbres vivants;

C'est peu, la foudre luit, l'air frémit, les cieux grondent,

Et du mont ébranlé les échos leur répondent.

Mais Philippe, intrépide, et le glaive à la main,

Marche droit vers l'abîme et s'y fraie un chemin.

Geneviève elle-même, à ses yeux invisible,

A ses vœux favorable, à ses rivaux terrible,

Le guidoit à travers tous les monstres sifflants,

Qui menaçoient la troupe et voloient sur ses flancs.

A l'aspect de la Vierge, accompagnant Philippe,

L'orage et des démons la foule se dissipe.

Le repaire du crime au monarque irrité,

Se montre, et dans l'abîme il s'est précipité;

Ses guerriers l'ont suivi; la bergère divine,

Qui veut dans ses desseins confondre Mélusine,

Le précède, et lui montre, aux lueurs des flambeaux

Dont la flamme tremblante éclaire ces tombeaux,

Les pâles conjurés qui de fureur rugissent,

Combattent vainement, et de leur sang rougissent

Ces rochers caverneux où d'horribles échos

Roulent en murmurant des cris et des sanglots.

Lusignan sur Philippe ose lever son glaive :

On l'arrête ; il frémit, il tombe, il se relève !

Il se débat encor, se déchire le flanc,

Et retombe affoibli dans les flots de son sang.

Pour fuir le déshonneur, par leurs propres épées

Des plus séditieux les trames sont coupées ;

Les autres, dans les fers dont ils portent le poids,

Osent des chevaliers réclamer les saints droits,

Qu'ils disent violés, et qu'eux seuls déshonorent !

Ceux-ci, que la douleur et la rage dévorent,

Demandent le trépas, sans pouvoir l'obtenir :

Ce n'est point en ces lieux que leurs jours vont finir ;

Et, pour comble de maux, Boulogne, ce perfide

Dont la haine inspira leur complot régicide,

Se dérobe au trépas prêt à fondre sur eux !

A l'aspect de Philippe et de ses vaillants preux,

Il a fui, tressaillant de surprise et de crainte,

Au fond du souterrain, tortueux labyrinthe,

Où, dérobant ses traits aux clartés des flambeaux,

Il s'est enseveli dans le sein des tombeaux ;

Mais bientôt, s'échappant de cette nuit profonde,

Il a revu le ciel, et, loin des yeux du monde,

S'est caché dans Lutèce en des réduits obscurs.

Le traître, se glissant dans l'ombre de ces murs,

Bientôt s'ensevelit au fond d'un monastère,

Où triste, et dévorant sa douleur solitaire,

Il voile à tous les yeux l'exécrable dessein

Que sa haine renferme et couve dans son sein.

Déjà sur les forfaits qu'à son trône on dénonce,

Le roi veut que des pairs la haute cour prononce.

Par eux-même à l'instant leurs crimes dévoilés

Sans nuage à ses yeux éclatent révélés ;

Et le grand tribunal, organe de la France,

Prononce à haute voix leur terrible sentence.

Du supplice déjà les instruments hideux [5]

Par d'infames bourreaux sont élevés loin d'eux,

Et l'on traîne soudain tous ces lâches complices

Du lieu de leur sentence au lieu de leur supplice.

Là, tandis qu'en un chant lugubre et solennel

Les ministres sacrés, invoquant l'Éternel,

Du roi prophète au loin font retentir les psaumes,

Les coupables, ainsi que de pâles fantômes,

Immobiles, muets, mornes, sont dépouillés

De tous leurs vêtements par le crime souillés ;

Alors on foule aux pieds leurs armes, leur devise ;

Sous les coups des marteaux on les jette, on les brise :

Sur leurs fronts avilis l'onde en bouillons fumants

Coule, pour effacer sous ses flots écumants

Des nobles chevaliers l'auguste caractère.

Avant que leurs débris soient livrés à la terre,

Par un câble liés, ils marchent deux à deux

Vers le roi des Français, qui dit à chacun d'eux :

« Ta foi par la vertu m'est-elle garantie ? »

« Non, répond une voix, c'est une foi mentie. »

« Eh bien, poursuit le roi, dépouillé de tes biens,

« Descends au dernier rang des derniers citoyens ;

« Tu n'es plus chevalier. » Au son de la trompette

Cet arrêt qu'un héraut à la foule répète,

Semble s'accroître encore et se multiplier,

Et partout on se dit : Il n'est plus chevalier !

Bientôt on les entraîne ; et comme si la vie

A leurs membres glacés était déjà ravie,

Des crêpes ténébreux sont jetés sur leurs corps ;

Ils entendent sur eux chanter l'hymne des morts ;

Des imprécations, d'horribles anathêmes,

De ces infortunés sont les honneurs suprêmes.

Enfin, rendus au jour, ils arrivent aux lieux

Où l'échafaud terrible apparoît à leurs yeux :

Un ministre sacré du céleste royaume

Sur leur blessure alors vient répandre le baume

Des consolations et des saintes douleurs,

Associe en pleurant un Dieu même à ses pleurs,

Et présente à leurs yeux, dans ce vaste naufrage,

La planche du salut qui conduit au rivage.

Pour effacer l'horreur de ce hideux trépas,

Il leur montre le Dieu qu'il presse dans ses bras,

Qui, fixé sur la croix par un supplice infame,

Des liens de son corps a délivré son ame :
Que dis-je ? ah ! quand déjà l'horrible tombereau
Demande leurs débris à la main du bourreau
Armé, pour les frapper, du glaive inexorable,
De la croix sainte armé, ce prêtre vénérable,
Du haut de son pouvoir et de sa dignité,
Leur promet le ciel même et l'immortalité !
Sur leur sort avec eux il s'attendrit et pleure :
Tout à coup de leur mort il entend sonner l'heure,
Fuit, et les abandonne aux effrayantes mains
Qui vont les retrancher du nombre des humains.
La hache resplendit, à frapper déjà prête;
Sur le billot fatal ils ont posé leur tête;
Le fer tombe : on entend le formidable son :
Il retombe, il poursuit sa terrible moisson.
Mais le fier Lusignan, dans ces moments funèbres,
Ne veut pas qu'un bandeau sous de lâches ténèbres
Cache ses yeux voilés, et d'un sublime effort
Son front inaltérable ose attendre la mort :
Frappez ! dit-il; soudain l'horrible cimeterre

Descend, frappe, et sa tête a roulé sur la terre;

Par les cheveux saisie, aux regards curieux

Elle s'offre agitant ses lèvres et ses yeux,

Et même lorsque l'ame à ses sens est ravie,

Son trépas convulsif imite encor la vie :

Au bras qui l'a frappé ce débris suspendu

Fait palpiter d'horreur tout le cirque éperdu.

Sur la terre à l'instant une grossière claie

Étale à tous les yeux, que ce spectacle effraie,

Son corps rougi d'un sang dont jaillissent les flots,

Son sein noir et velu, ses longs bras, ses grands os,

Exposés dans la fange aux regards de la foule,

Tandis qu'un tombereau dans les champs traîne et roule

Tous ces débris sanglants, tous ces affreux lambeaux,

Qui vont être livrés à la faim des corbeaux.

Le peuple rassemblé que ce spectacle attire,

Garde un silence affreux, frémit, et se retire.

La mort des chevaliers promis à l'échafaud

Jusque dans la prison du malheureux Thibaut

A porté l'épouvante, et, glaçant son courage,

Lui paroît de son sort le terrible présage.

Anticipant déjà les horreurs de la mort,

A son cœur déchiré l'implacable remord

S'attache, et le tourmente en d'effroyables rêves,

Où la fièvre à ses sens n'accorde point de trèves.

Il frémit, il s'agite, il veut crier; sa voix

Expire sous les maux dont il porte le poids.

S'il s'éveille, à l'erreur du songe qui l'obsède,

Plus accablante encor la vérité succède.

Il s'écrie, oppressé d'un sombre désespoir :

« Malheureux! qu'ai-je fait? j'ai trahi mon devoir.

« Depuis que j'ai quitté les sentiers de la vie,

« Que Blanche avoit tracés à mon ame ravie,

« J'ai forfait à l'honneur, et, parjurant ma foi,

« J'ai vu tous les malheurs s'accumuler sur moi.

« Du moins si, m'épargnant de trop justes reproches,

« Blanche, de mon trépas quand je sens les approches,

« Me plaignoit, m'accordoit le pardon d'une erreur,

« Et de mes maux cruels adoucissoit l'horreur;

« Mais de sa pitié même elle me croit indigne.

« Quoi ! d'intérêt pour moi pas un mot, pas un signe !

« Quand je serai rayé du nombre des vivants,

« Ma poussière infidèle, abandonnée aux vents,

« N'obtiendra point les pleurs et les soupirs de Blanche;

« Faut-il que sur mon nom ton opprobre s'épanche,

« Mort infame ! que dis-je ? ah ! je dois t'implorer,

« De mes affreux tourments tu vas me délivrer !

« Mais, si l'enfer punit mon ame criminelle,

« Qui me délivrera de la vie immortelle !... »

Les heures cependant sur son cœur agité

Pesoient, et l'accabloient de leur éternité;

Quand par un calme doux son ame reposée

S'ouvre et s'épanouit à la douce rosée

Que verse le sommeil en son sein rafraîchi.

Sur sa couche bientôt ses membres ont fléchi;

En un songe attrayant, dont le charme l'enivre,

Blanche s'offre à ses sens, et l'invite à la suivre.

« Viens, dit-elle, au bonheur qu'on goûte dans les cieux

« Je vais livrer ton ame et préparer tes yeux :

« Vois-tu ces longs degrés de saphir et d'opale,

« Que de la lune au loin blanchit la lueur pâle ?

« Dans l'espace étendus, sur la terre appuyés,

« Ils conduisent au trône où Marie à ses pieds

« Reçoit les vœux soumis des humains pleins d'alarmes,

« Dont sa main consolante aime à sécher les larmes. »

Ainsi Blanche parloit. Thibaut dans un air pur

La suit, et voit Marie en son palais d'azur,

Où la myrrhe, exhalant une divine essence,

Fume et vole en parfums de joie et d'innocence.

La princesse à Thibaut, dans la céleste cour,

Fait remarquer alors la source de l'amour,

Qui du sein du Très-Haut en flots brillants s'écoule,

En cascade s'épanche, en nappes se déroule,

Et dont les ruisseaux d'or, de nacre, et de saphir,

Surpassent en éclat tous les trésors d'Ophir.

Pareilles, sur sa rive, à de blanches statues,

De leur seule pudeur les saintes revêtues

Se plongeoient à l'envi dans son brillant canal,

Dont les eaux trahissoient leur éclat virginal.

3

Thibaut voit ces torrents balancer dans leur onde

Clotilde, Rosalie, Ursule, Radegonde,

Qui nagent, s'inondant de ces flots précieux,

Brillante effusion du souverain des cieux.

Chaque sainte, livrée à son ardente extase,

Boit à long traits l'amour de son Dieu qui l'embrase.

Les brûlants chérubins l'adorent encore plus;

Ah! pour bien célébrer l'ivresse des élus,

Chère aux anges divins, et des démons haïe,

Que n'ai-je avec sa voix les lèvres d'Isaïe

Épuré par le feu qu'apporte un séraphin!

L'un dans les flots sacrés goûte un plaisir sans fin;

L'autre en des bois nourris de la céleste sève,

Où du premier amour Adam vit rougir Ève,

D'une ame abandonnée à sa sainte ferveur

Éternise le charme en un plaisir rêveur.

A cet aspect, Thibaut sollicité par Blanche,

De l'onde que la source à gros bouillons épanche,

S'abreuve, et dans son ame un nouveau jour a lui.

Quel plaisir enchanteur s'est emparé de lui!

Il s'écrie en son trouble : « Ah ! viens ma bien-aimée,

« Unis ton ame ardente à mon ame enflammée !

« Je respire Dieu même, en ton souffle divin ;

« C'est lui que j'aime en toi, que j'aimerois en vain,

« Si je n'avois éteint cette flamme grossière

« Que ma vie enchaînoit aux nœuds de la matière :

« J'ai dépouillé tout l'homme, et je respire au ciel

« Où la vie est l'amour et l'amour éternel. »

Thibaut s'éveille alors. Que dis-je ? un nouveau rêve

Abuse-t-il ses yeux ? il s'étonne, il se lève,

Et voit avec transport, ô moments pleins d'attraits !

Il voit... ses yeux de Blanche ont reconnu les traits ;

Oui, c'est elle ; il se jette à ses pieds qu'il embrasse ;

Des pas qu'elle a formés il veut baiser la trace :

« Quoi ! Blanche m'apparoît et vient me secourir !

« Après un tel bonheur je n'ai plus qu'à mourir. »

Mais elle... « Non, vivez pour renaître à la gloire !

« De vos égarements effacez la mémoire ;

« Et, lorsque vos vertus les feront oublier,

« Osez vous dire encor mon noble chevalier..

« Votre grace est par moi du monarque obtenue ;

« Soyez libre. » La joie au comble parvenue

Se dérobe aux discours et, pour ces doux tableaux,

C'est aux couleurs du ciel à tremper les pinceaux.

Le troubadour à peine à son bonheur se livre,

Qu'il chancèle et succombe au charme qui l'enivre;

Aux pieds de Blanche alors il tombe évanoui,

Et, quand il se ranime, à son œil ébloui

S'offre, au lieu de ses fers, de sa prison funeste,

Un palais éclatant, où, d'une voix céleste

L'invitant à marcher, Blanche conduit ses pas

Vers son roi qui sourit et qui lui tend les bras.

Quel instant pour son cœur ! Le voilà ce roi juste,

Par la France honoré du beau titre d'Auguste !

Voilà son noble fils auprès de lui placé.

Là Thibaut, par Louis tendrement embrassé,

Est conduit aux genoux du roi qui lui pardonne.

Voilà Blanche et sa cour dont l'éclat l'environne.

Les larmes du plaisir mouillant des yeux si beaux,

Ce trône, ces lambris, ces marbres, ces flambeaux,

Tout ranime sa vie et sa force première ;

L'air a plus de parfums, le jour plus de lumière :

Son cœur, hier en proie au remords dévorant,

Succomboit à ses maux ; le plaisir en torrent

Dans son cœur aujourd'hui se répand et l'inonde.

Honneur, gloire, talents, vertus, source féconde

Des pures voluptés et des biens les plus doux,

Rentrez tous en son ame : il étoit fait pour vous.

Albion cependant se prépare à la guerre,

Et le nonce de Rome, armé de son tonnerre,

Dès que par son pouvoir il a soumis au frein

Les barons révoltés contre leur souverain,

Donne à Plantagenet l'infaillible assurance

Qu'il va bientôt frapper le monarque de France.

Méditant à loisir le dessein qu'il a pris,

Il part, vole, et se rend dans les murs de Paris.

Bientôt secrètement il visite l'enceinte

D'un cloître où du Très-Haut la mère auguste et sainte

3.

Rassemble ses élus sous les abris obscurs

Qui de son divin temple environnent les murs :

Là, des nobles barons dont sa cour se compose

Réunissant l'essaim, Philippe se dispose

A réclamer leur zèle et leur puissant secours :

Par les lois de l'État leur glaive doit toujours,

Sitôt que l'étranger l'attaque avec furie,

Défendre la couronne et sauver la patrie :

Répondant à l'appel du monarque en danger,

Tous les grands près du trône ont couru se ranger.

Des lampes, qui versoient un jour mélancolique [6],

Éclairoient de leurs feux la sombre basilique,

Dont les piliers formant d'innombrables faisceaux

Se courboient vers le cintre en gothiques arceaux;

L'auguste sanctuaire, ouvrant ses larges ailes,

S'élevoit entouré de modestes chapelles,

Et ces abris poudreux, ces gouffres dévorants,

Où la tombe engloutit les vains débris des grands,

A l'éclat d'une cour déployant tout son faste

Opposoient du néant le terrible contraste,

Les pompes de la mort, et l'aspect du cercueil,

Qui fait prendre en pitié les pompes de l'orgueil.

En face de l'autel le roi siège et rayonne;

De ses barons nombreux l'élite l'environne;

Le peuple a de la nef empli l'immensité.

Quand par ses flots émus il n'est plus agité,

Le monarque se lève, et d'une voix sonore

Fait entendre ces mots : «Vous que mon cœur honore,

«Princes,comtes,barons,mes compagnons,mes pairs,

«On vous menace; il faut prévenir des revers :

« Déjà vers l'Occident, où j'ai porté la guerre,

« Mes armes ont repris à l'avide Angleterre

« L'Aquitaine, l'Anjou, le Maine, et tous les bords

« Où la Loire fertile épanche ses trésors ;

« J'ai vaincu Lusignan, dont l'audace hautaine

«Sous un joug oppresseur accabloit l'Aquitaine;

« Mon empire est purgé de tous mes ennemis;

« Mais chassés et vaincus, ils ne sont point soumis.

« Cette hydre mutilée, en fuyant mon tonnerre,

« Dans ses débris encor vit et se régénère ;

« Frappons les derniers coups, Français, il en est temps.

« La terre a vu briller des siècles éclatants

« Où d'un peuple irrité par d'immenses obstacles

« L'héroïque valeur enfante des miracles :

« Ainsi l'heureux Gaulois triompha sous Martel ;

« Charle ainsi se couvrit d'un honneur immortel ;

« Ce destin vous attend ; voyez vos palmes prêtes ;

« La France veut combattre, il lui faut des conquêtes,

« Non pour livrer l'Europe à nos bras triomphants,

« Mais pour sauver nos biens, nos femmes, nos enfants ;

« L'ennemi va bientôt déployer ses cohortes ;

« La guerre est près de nous, la gloire est à nos portes ;

« Je vais à mes barons en ouvrir les chemins ;

« Immolons les Anglais, les Belges, les Germains,

« Et que ces étrangers apprennent combien pèse

« Le glaive des combats dans une main française. »

Il dit : au nom des pairs, répondant au héros,

Montmorenci se lève, et s'explique en ces mots :

« Pouvons-nous ignorer qu'un peuple fier et brave

« Se voit par l'étranger menacé d'être esclave ?

« Puisque l'ambition veut sur nous s'assouvir,

«Nous n'avons plus qu'un choix, triompher ou servir.

« Ferdinand les unit, unissons-nous ensemble ;

« Il veut nous effrayer ; combattons, et qu'il tremble.

« Mais c'est peu d'attaquer deux puissants potentats ;

« Il faut que dépouillés de leurs propres États,

« Soient flétris ces barons de qui l'ame félone

« Veut d'un roi qu'on révère usurper la couronne :

« Traîtres, qui méditez mille complots pervers,

« Boulogne et Ferdinand, vous n'êtes plus nos pairs. »

Ce généreux discours, où l'honneur étincelle,

Fait éclater des grands l'ivresse universelle :

Excités par la gloire et le péril commun,

Tous ces cœurs généreux semblent n'en former qu'un.

Mais voilà qu'à l'instant, fier et levant la tête,

Du pontife romain s'avance l'interprète ;

Il est sorti du cloître étincelant d'orgueil,

Et des parvis du temple il a franchi le seuil.

L'Église a vu souvent ce formidable apôtre,

La croix dans une main et le glaive dans l'autre,

A ceux qui de la foi repoussoient le flambeau,

Terrible, refuser l'asile du tombeau,

De ses verges de fer châtier les blasphèmes,

Lancer les interdits, lancer les anathêmes,

Accabler les pécheurs de ses dogmes savants,

Et du feu de l'enfer les brûler tout vivants.

Devant lui, rayonnant d'argent, d'or, et de soie,

De la croix en flottant le signe se déploie;

Dans un ordre pompeux les prêtres partagés

Marchent devant ses pas, sur deux lignes rangés;

Armés de longs flambeaux les lévites s'avancent;

Les vases des parfums que dans l'air ils balancent,

Des vapeurs de l'encens embaument le saint lieu;

Le légat tient en main l'image de son Dieu;

Il n'a pas le maintien d'une ame recueillie,

Il a le front levé, la tête enorgueillie:

Sa fierté, son courroux, son port audacieux,

Annoncent aux Français un envoyé des cieux.

Il s'élance à l'autel, en son audace insigne,

Avec autorité de sa main fait un signe,

Commande le silence, et voit, sans s'alarmer,

Du monarque français le courroux s'enflammer.

A l'aspect du légat dont l'audace l'étonne,

Le monarque retient sa fureur qui bouillonne;

Le prélat lit son trouble en ses regards surpris,

S'empare d'un moment dont il sent tout le prix,

Et faisant tout à coup tonner sa voix altière,

Il s'adresse, en ces mots, à l'assemblée entière :

« N'espérez pas marcher contre vos ennemis,

« Français, sans qu'à vos chefs l'Église l'ait permis.

« Tant que Plantagenet à ses lois fut rebelle,

« Vous dûtes vous armer et combattre pour elle;

« Mais il abjure enfin ses coupables erreurs,

« Et l'Église à son tour abjure ses rigueurs;

« Que dis-je? elle a dans Londre établi son empire;

« Elle-même y commande; elle-même y respire;

« Qui troubleroit sa paix? Quel bras profanateur

« Oseroit attenter à l'arche du Seigneur?

« Ce bras seroit séché par une mort soudaine.

« Mais c'est peu d'offenser la cité souveraine,

« En combattant un roi par elle protégé;

« Vous voyez dans quels nœuds le vôtre est engagé :

« Jadis, époux lassé de la triste Isembure,

« Sur elle d'un divorce il fit peser l'injure,

« Et le trône par elle autrefois occupé,

« A sa jeune rivale offre un titre usurpé :

« L'Église, trop long-temps inactive et sans force,

« A détourné les yeux d'un coupable divorce,

« Qui d'un auguste hymen a violé les lois :

« Si, pour votre malheur, le ciel souffre une fois

« Qu'un roi brise les nœuds que forma l'hyménée,

« Bientôt par son exemple une foule entraînée

« Ne respectera plus ce saint engagement,

« Et du crime bientôt l'affreux débordement,

« Enveloppant vos fils, vos femmes, et vos filles,

« Au divorce honteux livrera vos familles;

Et quel sort vous attend, si votre souverain,

De la religion brisant l'auguste frein,

Trahit les lois dont Dieu l'a fait dépositaire !

C'est l'intérêt du ciel, l'intérêt de la terre,

C'est le vôtre surtout qui m'anime aujourd'hui.

Mais ce Dieu qui m'entend n'est-il pas votre appui ?

Prêt à lever son bras sur un roi qui l'offense,

Il arrête un moment les traits de sa vengeance ;

Pourvu qu'un saint concile assemblé par ma voix,

D'Agnès et d'Isembure examine les droits.

Et toi, toi, si tu veux que le ciel te pardonne,

Roi superbe, fléchis sous sa loi qui t'ordonne

De désarmer soudain tes coupables vaisseaux !

Français, Dieu vous défend de suivre ses drapeaux ;

Obéissez, ou Dieu, qui peut encor l'absoudre,

Va souffler sur son trône et le réduire en poudre.

Il parloit ; et brûlants de punir tant d'orgueil,

Les guerriers du monarque attendoient son coup d'œil ;

Mais sa voix les retient, et s'adressant au prêtre :

4

Séditieux, enfin ton cœur s'est fait connoître ;

Du ciel en inspiré faisant parler la voix ,

Tu défends aux sujets d'obéir à leurs rois !

Ah ! pour venger soudain l'honneur du diadême ,

Je devrois….Mais qu'importe à mon pouvoir suprême.

Que l'Église protège un foible souverain

Qui se dit le vassal du pontife romain ?

Le Tout-Puissant, sur qui votre empire se fonde ,

A dit : Je règne aux cieux , mon règne est hors du monde ;

Il n'a point affecté le pouvoir temporel ;

Et je vois votre maître , au nom même du ciel ,

Des plus grands potentats envahir la dépouille !

Il en est dont l'opprobre à ses pieds s'agenouille ;

Mais il en est aussi qui défendent leurs droits ,

Et savent résister à ce tyran des rois.

Je brave sa fureur, de mon pouvoir jalouse.

Lui, vouloir à mon lit enlever mon épouse !

Il tenteroit en vain ce téméraire effort ;

Nos liens ne seront dissous que par la mort.

Enfin, qu'est votre chef ? puisqu'il faut qu'on le nomme :

Ce pontife arrogant n'est qu'un pasteur de Rôme,

Qui doit lever au ciel ses innocentes mains,

Et ne les employer qu'à bénir les humains.

J'userai contre lui de justes représailles :

S'il m'attaque, j'irai jusque dans ses murailles

Le combattre au milieu de ses suppôts tremblants,

Et lui faire expier ses ordres insolents.

Tel est mon sentiment ; vous, qu'il choisit pour nonce,

Partez, et sur-le-champ portez-lui ma réponse.

Oui, je pars, dit le prêtre indigné, furieux [7],

Mais tu n'oublieras pas mes terribles adieux ;

Frémis : tous les fléaux que Dieu déchaîne ensemble,

Sur ta tête, à ma voix, son courroux les rassemble :

Frémis : il te rejette aux rangs les plus abjects :

Tu n'as plus de vassaux ; tu n'as plus de sujets ;

De ton crime fécond ton opprobre va naître ;

Peuples, grands, chevaliers, vous n'avez plus de maître ;

Fuyez, de votre roi Dieu s'éloigne aujourd'hui,

Et brise le lien qui vous attache à lui.

Voyez fondre sur vous, ainsi que sur sa tête,

Des malédictions l'effroyable tempête;

Oui, Dieu vous abandonne; oui, ce Dieu vous maudit;

Sur la France à ma voix il lance l'interdit.

Cieux, devenez d'airain; bienfaisante rosée,

Refuse tes trésors à la terre embrasée;

Livrée aux feux brûlants, aux insectes rongeurs,

Terre, dessèche-toi; courez, fléaux vengeurs,

Frappez, exterminez la France criminelle,

Tant qu'un roi réprouvé dominera sur elle.

Que l'autel à ma voix éteigne ses flambeaux,

Et que l'Église aux morts ferme tous ses tombeaux.

A ces mots, qu'il vomit plein d'une horrible joie,

Le légat prend la bulle, en sa main la déploie,

Et le peuple, enchaîné par un pieux respect,

D'épouvante et d'horreur frémit à cet aspect.

Ainsi, lorsqu'apparoît sous la voûte étoilée

De l'astre aux crins ardents la flamme échevelée,

Tout frémit et se tait : du globe voyageur

Le foudroyant éclat, et l'horrible rougeur,

Frappant les cœurs saisis d'une terreur profonde,

Prophétise aux mortels l'embrasement du monde;

Ainsi la bulle éclate : alors tombe à genoux

Le peuple, épouvanté du céleste courroux;

Le foible est terrassé, le plus hardi s'étonne :

Ce n'est plus un légat, c'est le Très-Haut qui tonne;

Mais quel est tout à coup ce spectacle nouveau?

Le prélat sur l'autel s'empare d'un flambeau,

Le renverse et l'éteint, et bientôt dans le temple

Les prêtres, que partout l'œil effrayé contemple,

Jettent, par la fureur saintement égarés,

Tous leurs habits pompeux, tous leurs voiles sacrés,

Renversent l'autel même, et des crêpes funèbres

Sur les châsses des saints étendent les ténèbres.

Ces monuments pieux à leur calme ravis,

Soudain sont descendus des augustes parvis,

Et cette croix auguste où notre foi consacre

D'un Dieu mourant pour nous le sanglant simulacre,

Sur la cendre est couchée au milieu des débris.

4.

Des prêtres en fureur entendez-vous les cris?

Fuis, monarque déchu, fuis la terre où nous sommes;

Rejeté par l'Église, horrible à tous les hommes,

Tu n'es plus ni Français, ni citoyen, ni roi;

L'onde et les feux sacrés sont interdits pour toi.

A ces mots, redoutant le terrible anathême,

Le cortège du roi, ses preux, sa garde même,

Tout a fui loin du temple, où lui seul est resté;

Pareil au malheureux dont le souffle empesté

Répand au loin la mort, et dont le corps immonde,

Par l'effroi qu'il inspire, est séparé du monde.

Mais à Montmorenci prompt à se rallier,

Tout généreux Français, tout noble chevalier,

Lui dit : Commande-nous, agis, dispose, ordonne,

Nous te suivons partout; et, rangés en colonne,

A la voix de ce chef, intrépides soldats,

Ils s'avancent unis, et marchent sur ses pas.

A peine ils sont rentrés sous ces lugubres dômes,

Qui semblent habités par de pâles fantômes,

Courant sur le légat, tous ces preux en fureur

Ont tourné de leur fer la pointe vers son cœur ;
Mais intrépide il voit la mort qui l'environne,
Et déjà du martyr il attend la couronne :
A la lueur du glaive, il s'écrie indigné :
Frappez, égorgez-moi, mais Philippe a régné ;
Plus d'encens, plus de vœux, et plus de sacrifice.
Puisqu'on veut de l'autel renverser l'édifice,
Prêtres saints, imitez le prêtre Samuel :
C'est en frappant un roi qu'il mérita le ciel ;
Contre un roi réprouvé tout devient légitime,
Guerriers, servant ce roi, vous partagez son crime :
Mais portez-lui les coups par le ciel ordonnés,
Et vos plus grands forfaits seront tous pardonnés.

Ainsi le fier légat crie, exhorte et menace ;
Il tend sa gorge au glaive et redouble d'audace.
Philippe est agité d'un farouche transport ;
Qu'il profère un seul mot, soudain le nonce est mort.
Mais malgré sa fureur, que sa raison surveille,
La sagesse en secret l'inspire et le conseille ;

C'est sa voix qu'il consulte, et qu'il entend toujours :

Arrêtez, du légat qu'on épargne les jours ;

Je le veux, a–t–il dit, laissez vivre ce prêtre ;

Qu'il soit un factieux, un fanatique, un traître,

Et parle au nom du ciel, que sa voix fait mentir ;

Mais qu'il n'usurpe point la palme du martyr ;

Protégez-le ; soumis à mon ordre suprême,

Dérobez-le aux fureurs du peuple et de lui–même.

Il dit, et le pontife est sauvé du trépas ;

Bientôt environné d'un cercle de soldats,

Il sort, mais ses accents sont gravés dans les ames,

Où l'ardent fanatisme a répandu ses flammes.

Dans Lutèce bientôt vingt partis opposés,

De vœux et d'intérêts s'élèvent divisés :

Les uns ont de l'Église embrassé la querelle ;

D'autres font éclater leur fier courroux contre elle ;

On voit quelques barons, ennemis de leur roi,

Affecter de l'Église un politique effroi,

Et, paroissant du ciel redouter la menace,

De leur rébellion sanctifier l'audace.

Mais tout noble Français qui sent battre son cœur

De l'amour du pays, du prince, et de l'honneur,

Pour entourer Philippe avec transport se lève :

Ils se sont tous unis, tous ont tiré leur glaive ;

Sur celui de Philippe, ils ont tous à la fois

Juré de le servir, de défendre ses droits ;

Nous te suivons partout, et périssent les traîtres,

S'il en est parmi nous, qui veulent d'autres maîtres.

Pour t'atteindre, Philippe, il faut percer nos rangs,

Nous immoler, marcher sur nos corps expirants.

Le monarque applaudit à ce transport fidèle ;

Mais il a remarqué qu'à ce vœu plein de zèle

Plusieurs grands de sa cour n'ont pas joint leurs serments,

Et son cœur en conçoit de fiers ressentiments.

Des Français cependant l'ame aux dogmes soumise [5]

Veut réclamer en vain le secours de l'Église,

Et des prêtres partout le peuple abandonné,

Sous l'interdit fatal baisse un front consterné.

L'enfant qui naît, frappé de l'horrible anathême,

Ne vient plus se laver, aux sources du baptême,

Du mal anticipé du crime originel,

Qui l'a déjà flétri dans le sein maternel;

Aux pieds du tribunal que la pénitence ouvre,

Le chrétien, des forfaits que son remords découvre,

N'obtient plus le pardon par un sincère aveu,

Et le prêtre interdit la clémence à son Dieu.

O vierges! qui d'amour languissez dès l'aurore,

Le soir en soupirant vous languirez encore,

N'espérez plus d'hymen, l'Église en son courroux

Sur sa porte a fixé d'inflexibles verroux.

Le Saint-Siège aux prélats, dans ses rigueurs sinistres,

N'accorde plus le droit de créer ses ministres;

L'holocauste sacré ne vient plus sur l'autel

Déifier l'hostie à la voix d'un mortel,

Et du céleste pain, que consacre un miracle,

L'homme ne devient plus le vivant tabernacle;

L'huile sainte aux mourants n'apporte plus ses dons;
L'ame n'a plus d'espoir, Dieu n'a plus de pardons,
Le mourant plus d'asile, et l'enfer avec joie
Dans sa flamme éternelle ensevelit sa proie.

Alors on voit partout des prêtres forcenés,
Par l'excès de leur zèle aux forfaits entraînés,
Transformer sans pudeur en d'horribles maximes
L'évangile étonné d'absoudre tous les crimes;
La croix aux révoltés livre ses étendards,
Et son signe adoré consacre leurs poignards;
Les cris séditieux que l'Église accrédite,
Retentissent au loin dans la France maudite;
De son auguste rang Philippe est rejeté,
Disent–ils; de ses droits il est déshérité
Par le Dieu dont la voix fait et défait les règnes;
La malédiction s'attache à ses enseignes:
Leurs bouches proféroient ces mots remplis d'horreur;
Philippe les entend, et brave leur fureur.
Tel un roc assiégé par la noire tempête

Oppose aux flots sa base, aux aquilons sa tête,

Et battu par les vents, la foudre, et les éclairs,

Seul défie et les vents, et la foudre, et les mers.

FIN DU SEPTIÈME CHANT.

CHANT VIII.

ARGUMENT.

Montmorenci revient dans son château, qu'il trouve désert.—Magnanimité de ce héros, qui refuse l'empire d'Orient pour défendre son pays et son roi.—Inutiles efforts de Boulogne pour attenter à la vie du roi.—Mélusine réclame le secours du démon des volcans.—Explosion d'un volcan sous-marin qui détruit la flotte française. — Maladie du roi ; consternation universelle.—Conseils donnés par Philippe à son petit-fils.—Beau mo uvement de ce jeune prince.

CHANT VIII.

Tandis que dans Paris des prêtres factieux,
Opposant à leur roi la volonté des cieux,
Des partis révoltés arment la violence,
Vers son château fameux Montmorenci s'élance ;
De la rébellion pour vaincre les assauts,
Il veut dans son domaine assembler ses vassaux :
Mais, partout à ses yeux, et partout sur ses traces [1],
De la religion les terribles menaces
Des travaux commencés ont suspendu le cours ;
Le cloître à l'indigent refuse ses secours :
Dans les champs, où la joie annonçoit l'abondance,
L'orme désanchanté n'ombrage plus la danse,
Et le soir n'entend plus aux soupirs des hautbois
Les murmures d'amour se mêler dans les bois.
Par de tristes pensers plongé dans un long rêve

Montmorenci bientôt voit son fort qui s'élève
Étaler ses créneaux et ses énormes tours,
Où reposent les nids des aigles, des vautours.
Il n'entend que le bruit des torrents dont les ondes
Bondissent, et creusant des ravines profondes,
Plongent dans un abîme où l'œil les suit encor.
L'écuyer du baron fait résonner son cor,
Le pont s'abaisse ; il entre en son château gothique :
Voilà ses vieux donjons, voilà sa cour antique,
Où ses yeux satisfaits jadis aimoient à voir
Ses vassaux réunis adorer son pouvoir ;
Où de galants tournois, pour fêter sa naissance,
Resplendissoient de gloire et de magnificence ;
Où dorment à présent de croupissantes eaux,
Où l'insecte aux longs bras file ses longs réseaux
En de profonds dortoirs, et des salles peuplées
Par l'immonde chouette et les souris ailées.
On diroit que la peste, empoisonnant les airs,
A rendu tout à coup ces longs abris déserts ;
Nul être ne s'y montre, hormis un vieux concierge

Pour le baron du lieu priant la sainte Vierge

D'accorder à son maître un regard de faveur,

Et d'étendre sur lui les bontés du Sauveur.

Depuis que par les cris de l'Église offensée,

Sa malédiction sur la France est lancée,

Partout dans le château sa terrible fureur,

Dit-il, a répandu l'épouvante et l'horreur ;

Tous vos amis sont morts ou partis ; l'infortune

Seule nous est restée, et ma vie importune

Ne se prolonge, hélas ! que par les soins obscurs

De quelques villageois qui viennent dans ces murs

M'apporter le pain noir qu'on jette à la misère.

Ces mots ont du héros enflammé la colère ;

C'est peu d'un tel récit, tout présente à ses yeux

De la proscription le spectacle odieux ;

Il voit de ses aïeux, illustrés sous vingt règnes,

Les heaumes, les écus, les timbres, les enseignes,

Qui du noble donjon décoroient les lambris,

Renversés et rompus, semer de leurs débris

Les longs appartements et les lugubres salles,

5.

Où ce haut justicier de ses lois féodales

Prononçoit les arrêts en arbitre du sort,

Quand des Français félons il ordonnoit la mort;

Et l'Église à la mort l'a dévoué lui-même,

En vomissant sur lui son terrible anathême.

Du séjour de la mort au séjour des vivants

La poudre du cadavre, abandonnée aux vents,

Remonte, et sur l'autel remplace les offrandes,

Et cette horreur prélude à des horreurs plus grandes.

L'Église, maudissant le fisc et son trésor,

A déjà d'un seul mot tari ses sources d'or.

L'Église... elle condamne aux plus affreux supplices

Le monarque proscrit, avec tous ses complices,

Et le héros apprend que déjà sur les monts,

Par l'Église livrés aux fureurs des démons,

Son château ne paroît à la foule interdite

Qu'une retraite infame, et du Très-Haut maudite,

Où l'on dit que lui-même, en pacte avec l'Enfer,

Est aux brasiers ardents promis par Lucifer :

Tant il ressent déjà la haine du Saint-Siège,

Qui de tous ses fléaux l'investit et l'assiège,

Pour avoir du légat bravé l'ardent courroux,

Quand sur la France entière il étendoit ses coups.

Mais, loin que le héros succombe à cet orage,

Au Vatican terrible opposant son courage,

Il attaque, il combat, comme un ardent lion,

L'hydre du fanatisme et la rébellion,

Qui d'un zèle affecté pieusement colore

Les forfaits qu'à Paris chaque instant voit éclore.

Vingt barons qu'a soumis son intrépidité,

Rentrent dans le devoir et la fidélité ;

Il triomphe partout, lorsqu'enfin Mélusine,

Voyant l'Église même ardente à la ruine

De l'empire français, qu'elle veut immoler,

Se propose en son cœur, pour le mieux accabler,

D'enlever à l'État ce héros intrépide,

Dont la valeur obtient un succès si rapide.

« De la France à l'instant qu'il parte, je le veux,

« Dit-elle, ce moment est propice à mes vœux.

« L'illustre Baudouin , dont les mains souveraines,

« De l'empire des Grecs ont recueilli les rênes,

« Frappé d'un coup mortel, a fini son destin ,

« Et déjà, des remparts qu'éleva Constantin,

« Tous les grands rassemblés, par un décret suprême,

« Ont à Montmorenci transmis le diadême ;

« Mais la France en péril , réclamant ses secours,

« En son cœur généreux l'emportera toujours

« Sur l'attrait du pouvoir et l'éclat d'un empire,

« Si , pour favoriser le succès où j'aspire,

« Je ne fais dans son ame à l'instant triompher

« L'ambition qu'en lui l'honneur veut étouffer. »

Elle dit, et son front labouré par des rides,

D'une vieille, à l'instant, prend les formes livides ;

Son aspect odieux offense les regards ;

Elle devient, roulant des yeux louches , hagards,

Une sibylle errante en proie à son délire ,

Qui dans les traits de l'homme et sur ses mains croit lire

L'oracle du destin , les succès, les revers,

Et cet ordre caché qui régit l'univers.

Son bras tient un roseau, qu'en l'air elle balance ;

Elle s'offre au baron, qui s'éloigne en silence ;

Mais elle, avec fierté, l'arrête en son chemin,

Et montrant ce roseau qu'elle agite en sa main :

« Écoute-moi, dit-elle, et connois un mystère [2]

« Dont mon sein prophétique est le dépositaire ;

« Je vais te révéler tes destins glorieux.

« O ! quelle vaste mer se découvre à mes yeux !

« C'est l'Archipel, il roule, il s'enfle, et développe

« Ses flots, qui de l'Asie ont séparé l'Europe.

« J'aperçois, oubliant et son cirque et ses jeux,

« L'Olympe, dont le ciel ceint le front orageux ;

« Cette Sparte, jadis intrépide et guerrière,

« Au plaisir aujourd'hui se livrant tout entière ;

« Thèbe, Athènes, Pella, si fières autrefois,

« Et qui vont en tremblant se courber sous tes lois,

« Et tant d'autres états dont Bysance est la reine ;

« Eh bien, tous fléchiront sous ta loi souveraine,

« Et leur grande cité te rappelle en son sein,

« Tu vas en devenir l'auguste souverain ;

« Je vois ses murs brisés ; là, guidant tes cohortes,

« Sous tes pieds triomphans tu renversas ses portes,

« Ici de son vieux port tu brûlas les vaisseaux ;

« Plus loin, fier, et guidant tes belliqueux vassaux,

« Sous des torrents de feux, des orages de flèches,

« Intrépide, et des murs escaladant les brèches,

« Balayant devant toi les timides fuyards ;

« Tu courois sur les tours planter tes étendards.

« Combien de monuments là m'offrent ces colonnes,

« Ces bronzes transformés en tigres, en lionnes,

« Sentinelles des bains, des cirques, des palais,

« Où brillent d'un beau ciel les magiques reflets ;

« O quel nombreux concours! quel peuple, quelle foule,

« Sans cesse va, revient, se précipite, et roule

« Dans la publique voie et dans ces longs parvis

« Ouverts à tous ces grands de leurs clients suivis !

« Je vois des preux armés, des prélats pacifiques,

« Qui volent emportés sur des chars magnifiques ;

« Tous ces mortels si fiers, dis un mot, ils vont tous

« En esclaves soumis tomber à tes genoux :

« Tu les verras bientôt, tes ardents prosélytes,

« De ton astre nouveau superbes satellites,

« Se rassembler autour du trône qui t'attend,

« Et briller des splendeurs de ton règne éclatant.

« Que de grands citoyens, que de peuples ilotes,

« Nourriront tes soldats, équiperont tes flottes,

« Et pour tes voluptés travaillant nuit et jour,

« Vont payer à grands frais les pompes de ta cour ! »

Ainsi l'adroite fée, au héros qu'elle inspire

Étale en ses discours tout l'éclat d'un empire ;

Mais ses efforts sont vains ; le baron glorieux

Voit les nombreux exploits de ses nobles aïeux ;

Aux héros de la Grèce égaux par leur courage,

Tous ces grands paladins, Hercules d'un autre âge,

Qu'honorent cent combats contre les mécréants,

Redresseurs de méfaits, pourfendeurs de géants,

Ne pensèrent jamais qu'à leur vaillance illustre

L'empire des humains joindroit un nouveau lustre.

Déjà les députés du peuple bysantin,

Preux chevaliers partis de l'empire latin,

Dans la France arrivés viennent au héros même

Offrir de l'Orient le puissant diadême.

L'un d'eux prend la parole et lui dit : « Il est temps

« De remplir avec nous tes destins éclatants.

« Notre auguste empereur est tombé dans les pièges

« Qu'ont tendus sous ses pas des monstres sacrilèges;

« Son trépas est un crime, et pour mieux le venger

« Tous nos chefs, sous tes lois brûlant de se ranger,

« Veulent marcher soumis au héros dont la gloire

« Leur a cent fois promis et donné la victoire.

« Le sceptre d'Orient t'appartient, et leur voix

« T'a déclaré l'objet de leur auguste choix;

« Tout l'Empire à tes pieds avec moi te l'annonce,

« Et pour te couronner n'attend que ta réponse. »

« O mes dignes amis! ô qu'il me seroit doux,

« Dit le noble héros, de combattre pour vous!

« Mais je n'en puis, hélas! embrasser l'espérance.

« Vous voyez quel orage éclate sur la France ;

« Déjà nos ennemis, menaçant nos remparts,

« Vers nos murs à l'envi marchent de toutes parts,

« Et je sens dans mon cœur une voix qui me crie :

« Sois fidèle à ton prince, et défends ta patrie.

« Il n'est pas une fibre en ce cœur plein d'amour

« Qui ne s'attache aux lieux où j'ai reçu le jour.

« Eh ! comment effacer ce sceau que rien n'altère,

« Ce titre de Français, ce profond caractère,

« Qui m'enchaîne à mon roi, lui consacre mes jours,

« Du besoin de l'aimer me poursuivra toujours,

« Et m'enorgueillit plus que si la terre et l'onde

« Reconnoissoient en moi le monarque du monde.

« Je sais que ce héros si grand, si belliqueux,

« Qui conduit ses soldats et triomphe avec eux,

« Suffit pour obtenir des succès pleins de gloire,

« Et peut, sans mon appui, remporter la victoire.

« Mais, quoique la fortune aime à le couronner,

« Sa faveur ne peut-elle enfin l'abandonner ?

« Et moi, si je vous suis, parlez, que deviendrai-je,

6

« Lorsque, de l'Orient monarque sacrilège,

« J'apprendrai que l'Anglais sur la France en débris

« Marche, élevant son front dans les murs de Paris?

« Quand, de ses défenseurs déplorant les supplices,

« Que faisois-tu, soldat plongé dans les délices,

« Me dira la patrie, alors que dans mes champs

« Mes guerriers expiroient sous les glaives tranchants?

« Quelle terre pour toi prodigua la première

« De ses plants cultivés la sève nourricière?

« Qui forma ton esprit, qui mûrit ta raison?

« A qui dois-tu l'éclat de ta noble maison?

« Ayant abandonné la cause de tes maîtres,

« Et les tombeaux sacrés où dorment tes ancêtres,

« Leurs célestes esprits veilleront-ils sur toi?

« Regarde mes enfans; tous ont péri pour moi;

« Et toi, dans l'Orient déployant tes enseignes,

« Tu les as trahis tous, ils sont morts, et tu règnes;

« Mais ton règne est infame, et leur nom glorieux,

« Tu rampes sur un trône, ils planent dans les cieux. »

Ces mots, où d'un Français l'héroïsme respire,

Qui préfèrent l'honneur à l'éclat d'un empire
Ont frappé des Latins les envoyés confus,
Et tous vont à leurs chefs annoncer ses refus.

Mélusine, trompée en son espoir avide,
Frémit, et de ses bras frappant son sein livide,
« Verrai-je donc toujours confondre mes projets?
« Eh quoi! Philippe est-il si cher à ses sujets,
« Qu'ils préfèrent sa gloire à la grandeur suprême?
« Quand l'Eglise en courroux le combat elle-même,
« Geneviève, guidant ce prince par la main,
« Sans cesse le protège et lui fraie un chemin;
« Il se rit de ma haine, et, pour comble d'outrage,
« J'ai vu mes Lusignans (ô désespoir! ô rage!)
« Immolés par son bras, et l'un de ces héros
« Tomber, en expirant, sous le fer des bourreaux.
« Faut-il, de ma faiblesse à présent convaincue,
« Céder à ma rivale et m'avouer vaincue?
« Non, non; si je n'ai pu ravir Montmorenci
« A son roi qu'il défend, mon vengeur est ici.

« Viens, Boulogne, il est temps que ma fureur t'anime. »

Elle dit, et brûlant d'immoler sa victime,

Elle court, elle vole au cloître vénéré

Où ce monstre odieux, par l'enfer inspiré,

Renferme, en s'y cachant, sa fureur solitaire.

De son espoir affreux rien n'a pu le distraire ;

Avec le cénobite il ne va point s'asseoir ;

Il n'assiste jamais aux prières du soir,

Et jamais il ne vient, dans la sainte chapelle,

Sous la main qui bénit courber son front rebelle.

Comme on voit dans les feux se fondre le métal,

Son cœur fut amolli par un amour fatal ;

Mais c'est l'airain gardant la forme qu'il a prise,

Et qu'on ne peut changer à moins qu'on ne le brise.

Respirant les forfaits, à tout repentir mort,

Rongé du désespoir et non pas du remord,

Il vit, comme vivroient, au sein des catacombes,

Des humains tout à coup réveillés dans leurs tombes,

S'ils sentoient se rouler sur leurs membres flétris

Les insectes hideux qu'enfantent leurs débris.

Toutefois aux tourments dont son cœur est la proie

L'espoir de se venger mêle une horrible joie.

Il est une beauté que poursuit son courroux;

Il n'en dit point le nom, c'est un secret pour tous.

La hait-il en effet, ou l'aime-t-il encore?

Ah! si le teint pâli qu'un feu soudain colore,

Si les traits convulsifs, de colère agités,

Les lèvres murmurant des mots précipités,

L'air sombre, aliéné, sont des preuves certaines

De l'amour infernal qui bouillonne en ses veines,

Il aime éperdument, mais d'un feu plein d'horreur,

Qu'il attise au brasier d'une ardente fureur.

O comment de son cœur exprimer les tortures!

L'Homme-Dieu qui mourut sans venger ses injures,

Ces lieux calmes, leur paix et leur austérité,

Rien n'adoucit le fiel de son cœur irrité,

Et quand, du cloître saint suivant les lois austères,

Gémissent prosternés les pâles solitaires

Que la prière assemble en cet auguste lieu,

6.

Lui, sans vœu, sans remords, sans prière, sans Dieu,

Seul, errant et les traits couverts d'un voile sombre,

Plongé dans la douleur, enveloppé dans l'ombre,

Médite les grands coups qu'il s'apprête à frapper,

La victime à son bras pourra-t-elle échapper?

O par quels châtiments, par quels affreux supplices,

Vengera-t-il assez la mort de ses complices!

Sur l'échafaud encore il voit leur sang couler;

Il voit leur tête encor sous la hache rouler:

Et toi leur assassin, quoi! tu règnes encore!

Je ne suis pas vengé d'un prince que j'abhorre!

Ah! quand viendra le temps... il est venu; les cris

Des factieux armés dans les murs de Paris

De son lugubre enclos percent les avenues:

Il les entend; il part. Des routes inconnues

Ont dérobé sa fuite au cloître pénitent,

Et d'un affreux plaisir déjà tout palpitant:

Adieu, triste séjour où j'ai caché ma rage,

Adieu! c'est trop long-temps dévorer mon outrage.

Renferme dans ton sein la prière et la paix;

Il te faut l'innocence, il me faut des forfaits.

Il s'éloigne à ces mots, et bientôt en phalange

Un essaim factieux sous ses ordres se range !

Quel instant pour sa rage : ô vengeance ! ô fureur !

Il court exécuter son dessein plein d'horreur.

Philippe, en ce moment, est seul et sans escorte.

Boulogne, en son palais dont il franchit la porte,

S'élance avec sa troupe, et ce lâche assassin

Déjà du glaive armé va déchirer son sein.

Rien ne s'oppose plus au transport qui l'anime;

Mais il voit tout à coup, le dirai-je? un abîme

Qui, s'ouvrant devant lui, le rend comme un rocher

Immobile, et du roi lui défend d'approcher.

De ce gouffre à l'instant sort un pâle fantôme;

C'est Lusignan : vêtu d'un haubert et d'un heaume,

Il se présente à lui, les yeux étincelants,

Et la tête coupée, et les cheveux sanglants;

Sa bouche convulsive est entr'ouverte, et semble

Lui dire en mots confus: « Vois mon supplice, et tremble;

« Ton crime te prépare un semblable revers;

« Reconnois-tu mes traits ? » Ces traits, ces yeux ouverts,

Sur Boulogne fixant d'effroyables prunelles,

Que voilent de la nuit les ombres éternelles,

Ont pénétré ses sens de surprise et d'effroi.

Veillant, du haut des cieux, sur le salut du roi,

L'auguste Geneviève au monstre sanguinaire

A montré tout à coup ce spectre imaginaire,

Pour défendre Philippe, et tromper le dessein

Du rebelle tout prêt à lui percer le sein.

Ses compagnons ont fui ; quelques-uns se dispersent,

D'épouvante et d'horreur les autres se renversent,

Et Philippe, échappant au complot criminel,

Du salut de ses jours rend grace à l'Éternel ;

Quand un message heureux vient le combler de joie.

Il apprend que Saint-Pol en Belgique déploie

De l'empire français les drapeaux glorieux,

Qui dans les forts soumis flottent victorieux ;

Que Bruges, Ypre et Tournai deviennent sa conquête,

Et qu'enfin sous ses lois Lille a courbé sa tête.

De Ferdinand partout le pouvoir est tombé,

Et ce traître en fuyant aux fers s'est dérobé ;

Mais il vient aux vaisseaux de l'altière Tamise

De réunir la flotte à ses ordres soumise ,

Et déjà sur les eaux volent ses pavillons,

Qui de Londre aux Flamands portent les bataillons.

Philippe attendra–t–il que ces forces guerrières

De ses états bientôt menacent les frontières ?

Non, ses chefs à l'instant par sa voix sont mandés,

Il leur dit : « Je vous quitte; en ces lieux commandez;

« C'est vous, Montmorenci, que j'arme de mon glaive.

« Avec les révoltés point de paix, point de trève,

« Qu'ils n'aient soumis leurs bras à l'opprobre des fers ;

« Moi, vers d'autres dangers à mon audace offerts

« Je marche, et quand vos coups me vengeront d'un traître,

« L'orgueilleux Ferdinand fléchira sous un maître. »

A ces mots, il s'éloigne et vole sans délais

Attaquer sur les eaux la flotte des Anglais.

Mélusine, craignant sa belliqueuse audace,

Songe à les dérober au sort qui les menace;
Mais comment les sauver? faut-il, troublant les airs,
De la foudre à Philippe envoyer les éclairs,
Et du vieux Océan creuser les noirs abîmes
Qui laisseront peut-être échapper leurs victimes?
Non, son courroux prétend sur la flotte étendu
Frapper un coup plus fort et plus inattendu,
Elle veut déchaîner un plus horrible orage,
Et, pour y parvenir, ce monstre plein de rage
Court implorer l'appui du génie infernal
Qui nourrit des volcans le terrible arsenal.

Au milieu des frimas du pole hyperborée [5]
Règne une île à jamais des humains ignorée,
Où, rois des éléments, se rassemblent entre eux
De l'empire infernal les esprits ténébreux.
Là, sans cesse entouré de brûlants météores,
Borée en son domaine assemble ces aurores,
Qui font briller aux cieux le brûlant appareil
D'un océan de flamme et d'un triple soleil;

Là s'élève un grand mont qui, de sa bouche ardente,

Vomit en longs ruisseaux une lave abondante.

Mélusine s'y plonge, et franchit des torrents

De sables embrasés et de feux dévorants.

Les éléments rivaux, par leur lutte sans cesse,

Là, du globe épuisé réparent la vieillesse.

Il semble qu'en ces lieux à la discorde ouverts,

Le chaos, dont les flancs ont produit l'univers,

Ait fixé pour jamais sa retraite profonde

Dans un gouffre à la fois tombe et berceau du monde.

A travers des monceaux de roches, de graviers,

Mélusine s'ouvrant de pénibles sentiers,

Dans la flamme, dans l'air, dans l'onde et sur l'arène,

Vole, nage, gravit, rampe, glisse, et se traîne,

Tantôt précipitée en des ravins fangeux,

Tantôt ensevelie en des flots orageux :

Tantôt, dans sa rapide et brûlante carrière,

Elle franchit des feux la route incendiaire;

Elle entend retentir le terrible fracas

Dont ces réduits affreux prolongent les éclats,

Et de leur souverain voit la retraite ardente.

Plus que tous les démons peints dans l'horrible Dante,

Terrible et foudroyant, ce nouveau Lucifer,

Comme la mort avide, affreux comme l'enfer,

Dès qu'il voit Mélusine, avec fureur s'écrie :

« Quelle es-tu? que veux-tu? redoute ma furie;

« Téméraire, en ces lieux, d'où nul être ne sort,

« Mon empire est le feu, mon aspect est la mort. »

Il dit : et, comme on peint les nocturnes vampires,

Qui rongent les débris des trônes, des empires,

Courant vers Mélusine, il veut la dévorer;

Mais elle : « A mes genoux tombe, et viens m'adorer,

« Je suis ta souveraine; et Lucifer lui-même

« A posé sur mon front son brûlant diadême :

« Vois-tu de son pouvoir ce signe redouté?

« Je viens dicter un ordre; il doit être écouté. »

Ces mots, qui du génie apaisent la colère,

Dérident les replis de son front séculaire;

Soumis à Mélusine, il précède ses pas,

Et la conduit en reine en ses profonds états.

Mélusine, en marchant sous ces ardentes voûtes,

Où le démon du feu partout creuse des routes,

Veut apprendre comment ce fléau plein d'horreur

Peut sans cesse nourrir sa brûlante fureur,

Et comment des brasiers que sa puissance allume

Le feu toujours dévore et jamais ne consume.

Le monstre lui répond : « Des hommes criminels

« Je prépare en ces lieux les tourments éternels.

« Aperçois-tu cet or, enfant d'un autre monde

« Qui du vieux continent est séparé par l'onde ?

« Mes flammes l'ont produit ; bientôt viendra le temps

« Où, de la Ligurie avides habitants,

« Des humains franchiront la mer et ses abîmes

« Pour piller ces trésors sources de tous les crimes.

« Vois ce brûlant airain qui, dans les champs guerriers,

« Doit, se creusant un jour en tubes meurtriers,

« Vomir avec fracas la mort et le salpêtre ;

« Il sera des humains l'épouvantable maître ;

« Sa foudre imitera la foudre des volcans ;

« Les guerriers qu'armera ce tonnerre des camps

7

« Rempliront l'univers de leurs exploits funèbres;

« La guerre ennoblira ces massacres célèbres,

« Et, comme au temps passé, la victoire en héros

« Changéra des humains ces illustres bourreaux.

« Avance, et vois le sable étinceler en pierre :

« Dans mille ans du soleil il boira la lumière,

« Et ceindra de ses feux le front des potentats :

« Combien ses possesseurs commettront d'attentats!

« Des éléments troublés entends-tu la tempête?

« Un monde est sous tes pieds, un monde est sur ta tête:

« Armé dans mon palais de feux étincelants,

« Je ronge de la terre et dévore les flancs ;

« De mes volcans jamais la fureur n'y repose ;

« Je rassemble et dissous, détruis et recompose.

« Ici, les noirs limons, les sédiments, les sels,

« Soumis à mes efforts constants, universels,

« Étendent par degrés leurs couches minérales;

« La nature y pétrit de ses mains libérales

« Tous ces vieux éléments de sables, de métaux,

« De pierres, de cailloux, de roches, de cristaux.

« Vois circuler partout mes flammes foudroyantes :

« Que de fois, vomissant des laves ondoyantes,

« J'ai desséché les mers, j'ai creusé leur bassin ;

« J'ai fait trembler le globe et déchiré son sein ;

« Sur les vieux continents, sur les antiques ondes,

« J'ai roulé d'autres flots, j'ai bâti d'autres mondes !

« Les débris que ton œil aperçoit sous tes pas,

« Des ténèbres au jour, de la vie au trépas,

« Ont passé mille fois, et forment un spectacle

« Qui du monde à tes yeux explique le miracle.

« O combien de cités, de palais, en lambéaux,

« De portiques détruits, de temples, de tombeaux !

« Que d'urnes renfermant des poussières royales,

« Des races de guerriers, des races pastorales,

« Et combien de héros, d'illustres conquérants,

« Dont ici par milliers la mort presse les rangs !

« Rien ne périt, tout change ; et dans mes réduits sombres

« En ce confus amas d'innombrables décombres,

« Il n'est pas un débris qui, par le temps vaincu,

« Sous mille traits divers n'ait mille fois vécu,

« Et, réparant toujours ses ruines fécondes,

« Ne révèle à tes yeux l'antiquité des mondes. »

La fée, en souriant à ces hideux tableaux

Qui du monde à ses yeux présentent les fléaux,

Dit au monstre : Philippe à mes désirs s'oppose,

Et combat les vaisseaux dont Albion dispose ;

Pour brûler son escadre avec ses matelots

Fais jaillir un volcan du sein profond des flots.

A peine elle a parlé, le génie homicide,

De carnage et de sang incessamment avide,

L'applaudit, et paroît, dans un hideux transport,

D'avance respirer les vapeurs de la mort :

Il rugit, agitant les flammes qu'il déploie ;

Et la terre frémit de son horrible joie.

A Mélusine alors il promet son appui.

Du soin de la venger se reposant sur lui,

Elle fuit comme un trait, et, dans sa violence,

Du gouffre souterrain par un volcan s'élance.

Bientôt elle aperçoit d'innombrables vaisseaux ;

C'est la flotte française errante sur les eaux.

L'escadre d'Albion sur les humides plaines

Fuit, et, de tous les vents recueillant les haleines,

S'efforce d'échapper aux belliqueux apprêts :

Elle n'a point assez de voiles et d'agrès

Pour sauver ses guerriers du sort qui les menace ;

Et déjà le héros, qui vole sur sa trace,

L'atteint, quand Mélusine, ô prodige ! à l'instant

Vient sauver les Anglais du sort qui les attend,

Et, pour éloigner d'eux les combats sanguinaires,

Montre aux yeux des Français les mâts imaginaires

D'une flotte étalant son aspect frauduleux ;

Philippe l'aperçoit sur les flots onduleux,

Tandis que, transformée en perfide Cyclade,

La véritable flotte au héros persuade

Qu'une île enveloppée en de tristes brouillards,

De loin, sur l'Océan, se montre à ses regards.

Alors abandonnant la véritable voie [4],

Le monarque abusé laisse échapper sa proie,

Et d'une ombre, imitant la flotte d'Albion,

7.

Poursuit avidement la vaine illusion ;

Quand tout à coup des flots l'abîme qui s'entr'ouvre

A l'œil épouvanté se dévoile, et découvre

Un volcan furieux, qui paraît dans les airs

Vomir, avec la mort, tous les feux des enfers.

Qui peindra ce tableau, quelles couleurs funèbres

Pourront représenter ces terribles ténèbres,

Ce plus terrible jour, cet effroyable amas

De voilures, d'agrès, de cadavres, de mâts,

De ponts brisés, brûlés, de poupes, de carènes,

Mêlés aux flots, roulés en d'immenses arènes,

D'écume enveloppés, d'algue et de sang couverts?

Si quelques malheureux à ces gouffres ouverts

Se dérobent, sauvés des eaux et de la flamme,

Le volcan furieux qui soudain les réclame

Mugit, et les entraîne en des sables mouvants ;

Sur les eaux, sur les rocs, dispersés par les vents

Les mâts flottent brisés, les poupes dans les ondes

Vont semer leurs débris en des syrtes profondes ;

La mer touche les cieux ; les corps des matelots

S'abîment dans la mer, ou pendent sur ses flots.

Les uns roulent noyés en des torrents de vase;

Les autres, dévorés du feu qui les embrase,

Meurent enveloppés dans les flammes dont l'or

Jaillit aux cieux, retombe, et rejaillit encor.

Partout règnent l'horreur, la mort, et l'épouvante;

Partout des corps humains pleut la grêle vivante,

Et l'Océan devient un immense tombeau

Dont la flotte brûlante est l'horrible flambeau.

O que d'infortunés dans la douleur se plongent!

Sur l'abîme grondant roulent et se prolongent

Des hurlements, des cris, des plaintes, des sanglots,

Mêlés au bruit des vents, de l'orage, et des flots.

Ont voyoit l'Océan rejeter sur ses rives

Des navires unis par de longues solives.

Là mille infortunés s'arrachoient au trépas,

Et sur ce pont flottant précipitoient leurs pas.

Entendez-vous leurs cris? voyez l'ardent bitume

Qui, sur eux ruisselant, bouillonne et les consume.

Par un carnage affreux, l'un, sa hache à la main,

Sur des corps palpitants s'ouvre un large chemin;

L'autre tombe englouti dans l'effroyable gouffre;

D'autres, enveloppés en des torrents de soufre,

Sous leurs pieds, en hurlant, écrasent sans remords

Des mourants entassés sur des monceaux de morts.

Où vont ces matelots? ils gravissent des roches,

Qui du bord escarpé hérissent les approches,

Et tombent, épuisés, sur d'autres malheureux

Dans les flots dévorants précipités par eux.

Regardez ces soldats d'air et d'eau pure avides,

Ouvrant des yeux ardents et des lèvres livides:

Ils courent par les feux à demi consumés;

D'autres, sur des chemins de cadavres semés,

Se traînent, tout couverts et de flots et de laves,

Et tout près d'expirer... Entendez-vous ces braves,

Dont l'Europe admiroit l'intrépide valeur,

En sanglots convulsifs exhaler leur douleur?

A ceux qui ne sont plus leur ame porte envie,

Et prête à s'exhaler se rattache à la vie.

Cependant, pour sauver et chefs et matelots,

De légers bâtiments naviguent sur les flots;

Mais que vois-je? courez! au dévorant abîme

Puissiez-vous arracher sa plus noble victime!

Esquifs libérateurs sauvez, sauvez le roi!

Vos pilotes déjà, pour lui remplis d'effroi,

Se jetant à ses pieds, aux coups de la tempête

Le conjurent en vain de dérober sa tête;

Monté sur un vaisseau de ses mâts désarmé,

Par les feux dévorants à demi consumé,

Le monarque prétend que chacun le contemple

De l'intrépidité donnant à tous l'exemple;

Il dispute à la mort son équipage entier;

Il ne veut du vaisseau sortir que le dernier.

Immobile et debout, dans un calme héroïque,

Appuyé sur la poupe et sur son fils unique,

Il montre à ses sujets que pour les secourir

Au poste du péril leur maître sait mourir.

Déjà les mâts, les ponts, dans l'onde s'engloutissent;

Lui-même environné des eaux qui l'investissent...

O ciel! il va périr! que dis-je? à son secours
Vole un ange qui veille au salut de ses jours;
C'est sa fidèle épouse : accourant au rivage,
Ses yeux ont du volcan vu l'horrible ravage;
Par elle réunis quelques bâtiments prompts
Font déjà sur les eaux plier leurs avirons.
A travers les débris, et la mer, et son gouffre,
Elle-même on l'a vue, en des torrents de soufre
Cent fois précipitée, affronter le trépas,
Cent fois en ressortir, cent fois entre ses bras
Saisir les naufragés, jusqu'au moment propice
Où le roi, sur un flot qui pend en précipice,
Nage prêt à tomber en des sables brûlants;
Son épouse l'atteint et s'attache à ses flancs,
Et bientôt sur sa nef, en palpitant de joie,
Elle ose à l'Océan ravir sa douce proie.

Mais de la terre à peine il a pu s'emparer :
La fièvre au pouls ardent, prête à le dévorer,
Le tourmente, et bientôt, du délire suivie,

Va tarir en son sein les sources de la vie.

On l'étend sur la plage, où des femmes en pleurs

Aux sanglots de la reine unissent leurs douleurs.

Et son fils, est-il mort dans le vaste naufrage

Que du volcan sur l'onde a répandu la rage?

On l'ignore, et pourtant le bruit de son trépas

A circulé partout dans les rangs des soldats.

Troublé par ces rumeurs, le monarque lui-même

Croit qu'il a pour jamais perdu le fils qu'il aime;

Que Louis a subi le sort des nautonniers

Dans les flots, par sa nef, engloutis les derniers.

A Blanche dans Paris plus d'un courrier révèle

Des vaisseaux embrasés la terrible nouvelle;

Elle accourt; au rivage une escorte la suit;

Aux tentes du héros un guide la conduit.

Agnès auprès de lui paroît morne et débile;

Sur une tombe ainsi pleure un marbre immobile.

Blanche, les yeux baissés et le front sans couleur,

Partage sa profonde et muette douleur.

Cependant le roi montre un cœur plein d'assurance

Qui de tous ses guerriers relève l'espérance ;

Tel frappé, mais debout au milieu des débris

D'un palais dont les murs, les voûtes, les lambris,

Ont fléchi sous l'effort de quelque grand désastre,

Seul, portant l'édifice, un immense pilastre,

Quoiqu'à demi rompu, devient encor l'appui

Des combles entr'ouverts prêts à crouler sur lui.

Mais Paris ! qui peindra de cette ville immense

Le profond désespoir, le terrible silence ?

Telle on nous peint Rachel, en sanglots superflus,

Pleurant dans ses remparts ses fils qui ne sont plus.

Et, si le roi mouroit, Dieu ! grand Dieu ! quelle digue

S'opposeroit encore à la funeste ligue ?

Les Français, consternés, déjà sur les chemins

Pensent voir avancer ces terribles Germains,

Ces Anglais furieux, et ces Belges serviles,

Qui brûlent de venger la perte de leurs villes ;

Et Lutèce frémit de toutes les horreurs

Que vont dans ses remparts étaler leurs fureurs.

Aux noirs pressentiments les ames sont ouvertes :

On crie, on pleure, on court, les routes sont couvertes

De pâles voyageurs et de prompts messagers

Qui des jours du monarque annoncent les dangers ;

A les interroger souvent lorsqu'on s'apprête,

D'épouvante la voix sur les lèvres s'arrête...

Un bruit consolateur soudain s'est élevé ;

On apprend que Philippe... il vit, il est sauvé,

On le dit; mais bientôt la vérité replonge

Dans les cœurs oppressés le tourment qui les ronge.

L'espérance renaît, s'affoiblit de nouveau,

S'évanouit enfin, le roi touche au tombeau;

On l'annonce partout : aujourd'hui, dans une heure,

Peut-être en ce moment, son destin veut qu'il meure.

Le désespoir alors est au comble porté.

Au calme par les grands le peuple est exhorté.

Tous les cœurs des Français, que tant de maux oppressent,

Tous les vœux, tous les cris, tous les regards s'adressent

A Dieu, l'unique appui qui reste au désespoir.

Mais comment par des vœux implorer son pouvoir

Quand des temples sacrés la porte inexorable

Se ferme aux vains soupirs d'un peuple misérable;
Quand Dieu même imploré par ce peuple éperdu,
Dieu, dont le bras sur lui toujours pèse étendu,
Punit son souverain proscrit par l'anathème?
Tel un père, offensé dans son pouvoir suprême,
Repousse des enfants qu'a maudits sa fureur,
S'éloigne, et de leurs bras s'arrache avec horreur.

Cependant sur la rive où partout la mort plane
Le monarque français, que le destin condamne
A soutenir le poids des publiques douleurs,
A peine peut suffire à ses propres malheurs.
Une triste pensée en secret le dévore;
Et de Louis absent le destin qu'il ignore
A son cœur abattu ne laissant plus d'espoir
De lui transmettre un jour le souverain pouvoir,
Il se fait amener du salut de la France
La ressource dernière et la frêle espérance;
Louis, fils de son fils; à peine un fin coton
De l'héritier du trône entoure le menton.

Il est dans l'âge heureux où de l'adolescence

La fleur à peine éclose échappe de l'enfance ;

De toutes les vertus le germe est dans son cœur ;

Les anges dans les cieux l'applaudissent en chœur.

Noble enfant, disent-ils, sois docile à ta mère,

Et de la volupté fuis la douceur amère ;

Tu seras saint Louis. Ce favori des cieux

A peine du monarque a-t-il frappé les yeux,

Que le héros, vers lui se penchant sur sa couche,

Lui dit : Viens, jeune enfant, et reçois de ma bouche

Quelques sages conseils pour affermir en toi

Les vertus que toujours doit pratiquer un roi.

«Quand mon bandeau royal ceindra ton front auguste,

« Ainsi que le Très-Haut, toujours bon, toujours juste,

« Donne aux puissants des lois, aux foibles des secours ;

« Redoute les flatteurs, ces reptiles des cours ;

« Il n'est rien qu'un flatteur n'immole au soin de plaire ;

« Baigne-toi dans le sang, dit-il à la colère ;

« Au cœur voluptueux, il dit : Jouis partout ;

« A l'avare, Accumule ; au soupçonneux, Crains tout.

« Il te dira souvent que sous tes mains puissantes

« Tu dois faire fléchir les lois obéissantes,

« A ton ambition ne donner aucun frein,

« Et déployer partout ton pouvoir souverain.

« Crains ces lâches conseils ; punis les violences :

« La justice en tes mains remettra ses balances ;

« Songe à n'être puissant que pour dicter ses lois ;

« La justice, mon fils, est l'arbitre des rois.

« Fais aimer tes vertus aux grands, à la noblesse,

« Réprime l'attentat du vassal qui te blesse,

« Deviens son protecteur aussitôt qu'il fléchit ;

« De sa fidélité le trône s'enrichit.

« Des provinces par toi sur tes voisins conquises

« Maintiens les libertés, respecte les franchises ;

« Ménage les vaincus, ne t'en fais point haïr ;

« Combats pour te défendre, et non pour envahir ;

« Qu'on te bénisse enfin, qu'on adore ton règne ;

« Qu'en père on te chérisse, et qu'en maître on te craigne ;

« Tous les devoirs d'un roi sont tracés dans ces mots.

« Je ne te promets point un sort exempt de maux ;

« Mais souviens-toi qu'au bien de son peuple qu'il aime

« Un bon roi se dévoue, et renonce à lui-même.

« Vois l'homme-Dieu chercher, par un sublime effort,

« La gloire dans l'affront, le salut dans la mort ;

« Il nous apprend, mon fils, qu'en ce rang où nous sommes

« Il faut nous immoler pour le bonheur des hommes. »

Le roi parloit encore, et l'enfant à ses yeux

Tout-à-coup semble offrir un habitant des cieux :

Dans son port et ses traits tout s'agrandit, tout change ;

C'est l'éclat d'un élu, c'est la ferveur d'un ange ;

Des prophètes divins c'est le transport sacré ;

Il semble qu'il respire un air plus épuré.

A son Dieu qui l'agite enfin il s'abandonne,

Et sa main saisissant l'épineuse couronne

Placée en ce moment aux pieds du Dieu sauveur

Que présente une croix à sa sainte ferveur,

Dans un élan sublime il la mit sur sa tête,

Et, comme si des cieux méditant la conquête

8.

Il les voyoit déjà s'ouvrir à ses regards,

En sa peau délicate il enfonce les dards

De ce bois épineux qui blesse un front d'ivoire,

Et du martyr futur anticipe la gloire.

Il prend alors, il prend un accent solennel,

Et, plein d'enthousiasme, il jure à l'Éternel,

A son auguste aïeul, à sa mère qui tremble,

L'admire, l'applaudit, et frémit tout ensemble,

Il jure de braver tous les tourments affreux

Figurés sur son front par ces dards douloureux,

Pour assurer un jour le bonheur de la France,

Et mériter les cieux où tend son espérance.

Traversant à ces mots les vastes champs de l'air,

Sans orage et sans bruit jaillit un pur éclair,

Qui, du héros français illuminant la tente,

Réfléchit sur Louis sa lumière éclatante.

Philippe alors s'écrie : « O vénérable enfant !

« Poursuis; du vice impur ton règne triomphant

« Va, brillant comme un phare au milieu des orages,

« De sa vive splendeur éclairer tous les âges ;

« Poursuis, tes descendants, à ton exemple un jour,

« Gouvernant par les mœurs et régnant par l'amour,

« Pour sauver, comme toi, la France malheureuse,

« Oseront ceindre aussi la couronne épineuse. »

C'est ainsi que Philippe à son jeune héritier

De sa gloire à venir aplanit le sentier ;

Mais lorsque de l'état, par de sages mesures,

Il adoucit les maux et sèche les blessures,

Les prêtres, dans Paris courant de toutes parts,

De cris séditieux remplissent ses remparts ;

Les grands vassaux, par eux excités aux révoltes,

Des champs dans leurs châteaux emportant les récoltes,

Au brigandage, au meurtre, au viol effronté,

Livrent partout la France avec impunité.

Que dis-je? affreux Boulogne, ah! c'est toi qui naguère,

Sorti comme un volcan du gouffre de la terre,

Par les assassinats, le carnage, et l'horreur,

Vomis dans la cité ton ardente fureur.

Effrayé du péril qui pèse sur la France,

Le monarque s'écrie, oubliant sa souffrance :

Partons, que dans Lutèce on me porte à l'instant.

Sa famille effrayée, en vain lui résistant,

Lui dépeint les dangers d'une route pénible :

Dans sa volonté ferme il demeure inflexible ;

On obéit, il part : mais tel que sur les mers

Battu des aquilons, battu des flots amers,

Un navire entre au port, où sa faiblesse échoue,

Et cède au poids des mâts qui tombent sur sa proue ;

Tel le héros français ramené dans Paris

D'un corps foible et souffrant y traîne les débris.

FIN DU HUITIÈME CHANT.

CHANT IX.

ARGUMENT.

Agnès conçoit le dessein de renoncer au trône. — Elle se rend dans un cloître où elle fait la rencontre d'Isembure qui lui raconte ses malheurs.—Agitation qu'elle éprouve avant de se déterminer à prendre le voile.—Elle presse Montmorenci de se battre en champ clos pour prouver l'innocence d'Isembure.— Montmorenci provoque Boulogne, en triomphe, et le force à révéler son crime.—Seconde entrevue d'Agnès avec sa rivale. —Elle prend le voile ; peinture de cette cérémonie.—On promène dans Paris la châsse de sainte Geneviève pour obtenir le salut du roi. Cette sainte lui rend la vie miraculeusement.— Agnès meurt dans les bras de Philippe et de ses enfants.

CHANT IX.

Que devient cependant la déplorable reine,
Dont l'Église a maudit la grandeur souveraine?
Elle entend les Français, dans leurs cris douloureux,
Lui reprocher les maux accumulés sur eux.
Depuis que du Très-Haut le ministre implacable
A déployé du ciel le fléau qui l'accable,
Jamais ses yeux voilés des ombres du chagrin
N'ont vu briller l'éclat d'un jour pur et serein;
Quelquefois du sommet de ses riches demeures,
Où ses ennuis profonds éternisent les heures,
Elle voit ces grands bois qui de leur rideau vert
Ombragent tristement le château de Vauvert;
Quelquefois dans la nuit, visitant leurs ténèbres,
Elle s'incline au pied des monuments funèbres,
Et répète, livrée à son trouble rêveur,

Ces hymnes de Robert, dont la sainte ferveur
N'a pu même adoucir le terrible anathème
Par l'Église lancé contre son diadème,
Lorsque de Berthe épris, il venoit tous les jours
Dans ces bosquets charmants soupirer ses amours.
Là sont leurs tendres noms qui, gravés sur l'écorce,
Sembloient, pour échapper à l'horreur d'un divorce,
Multipliant partout leurs chiffres amoureux,
S'attacher l'un à l'autre, et s'enlacer entre eux.
Agnès en reconnoît les séduisants vestiges,
Et pourtant de l'amour dissipant les prestiges :
« Un légat, se dit-elle, a brisé leurs liens
« Par l'Église en courroux maudits comme les miens.
« Berthe a, de ses sujets déplorant l'infortune,
« Immolé son bonheur à la cause commune ;
« Son exemple m'instruit, et semble m'avertir
« Que du palais des rois il est temps de sortir. »
De ces sombres pensers la reine poursuivie
Veut dans l'ombre d'un cloître ensevelir sa vie ;
Mais de son chaste amour les gages malheureux,

S'ils la perdent, quels maux se répandront sur eux!

Cette idée en tout lieu la poursuit, la tourmente,

Dans son cœur agité sans cesse elle fermente : ·

De ses enfants pressés sur le sein maternel

Le baiser le plus tendre est un baiser cruel;

Leur doux embrassement l'étouffe; et leurs caresses,

Qui pour elle autrefois étoient enchanteresses,

Aujourd'hui dans son cœur enfoncent le poignard;

Ils n'ont pas un souris, pas un mot, un regard,

Qui ne soit un tourment pour son ame abattue;

Leur amour est sa vie, et leur amour la tue.

C'est en vain cependant qu'elle souffre et gémit,

Son dessein par degrés en elle s'affermit.

Alors, tournant ses yeux vers les saints monastères

Où les filles du ciel, colombes solitaires,

Aux orages du monde heureuses d'échapper,

Dans la paix du Seigneur viennent s'envelopper,

A leur calme pieux en secret elle aspire.

Dès que la nuit profonde a repris son empire,

La reine, se cachant aux regards indiscrets,

D'un lin mystérieux obscurcit ses attraits,

Et sous l'abri d'un cloître elle va dans Lutèce

Enfermer de son cœur la profonde tristesse.

La lune, en se levant, à travers les vitreaux,

Éclairoit foiblement le marbre des tombeaux,

Et le saint temple aux yeux découvroit sous son dôme

La croix du Rédempteur, comme un pâle fantôme

Des ombres de la nuit légèrement voilé.

Un seul accent, un souffle, en ces lieux exhalé,

S'accroissoient en roulant sous des voûtes obscures,

Qui d'échos en échos prolongeoient leurs murmures.

Là se prosterne Agnès en implorant son Dieu;

Lorsque, du sein profond de ce lugubre lieu,

Un long gémissement a retenti dans l'ombre :

Tout à coup une femme, au reflet d'un jour sombre

Que verse tristement un sinistre flambeau,

S'offre aux yeux de la reine, à côté d'un tombeau;

En accusant Philippe, elle pleure et soupire;

Au milieu des sanglots bientôt sa voix expire,

Et cédant au malheur dont l'excès la poursuit,

Elle ferme les yeux, tombe, et s'évanouit.

De la reine soudain le cœur ému palpite,

Vers cette infortunée elle se précipite,

Et prodigue à ses maux des soins compatissants.

L'inconnue a repris l'usage de ses sens,

Relève doucement sa tremblante paupière,

Et semble s'affliger de revoir la lumière.

« Ah! parlez, dit Agnès; vos soupirs, vos douleurs,

« Et ces yeux que je vois humectés de vos pleurs,

« Me révèlent une ame en proie à l'infortune;

« Si je n'appréhendois de vous être importune,

« Madame, j'oserois... Ah! de grace, pourquoi,

« A vos gémissements mêlant le nom du roi,

« Paroissiez-vous souffrir, l'accuser, et vous plaindre?

« Quel funeste revers a donc pu vous atteindre!

« Ouvrez-moi votre cœur, ne me déguisez rien;

« Le plus vif intérêt...—Vous l'exigez; eh bien,

« Lui répond l'inconnue, ô beauté secourable!

« Ne vous étonnez pas du tourment qui m'accable,

« Vous voyez Isembure. » Agnès a, de terreur,

Reculé tout à coup et tressailli d'horreur.

Une pâleur subite a couvert son visage ;

Mais, bientôt rappelant sa force et son courage,

Elle calme son cœur et raffermit sa voix.

« Isembure, dit-elle, est-ce vous que je vois ?

« Je plaignois vos ennuis ; la prompte renommée

« Déjà depuis long-temps m'en avoit informée ;

« Mon cœur avec le vôtre est prêt à s'affliger ;

« Mais peut-être, madame, un récit mensonger

« M'instruisit des malheurs que j'aspire à distraire ;

« Vous-même, apprenez-moi comment le sort contraire

« Enlève à vos attraits dans l'ombre ensevelis

« Et la main de Philippe et le trône des lis :

« Comme sur ma pitié, comptez sur ma prudence,

« Et si vous n'exigez, pour cette confidence,

« Qu'un doux tribut d'égards, d'intérêt, et de vœux,

« Quel autre, plus que moi, mérite vos aveux ?

« —Pouvez-vous ignorer, lui répond Isembure,

« Les maux qui de mon cœur irritent la blessure ?

« Ils sont assez connus, hélas ! et jusqu'ici

« Le temps, loin que mon sort par lui soit adouci,

« Verse de plus en plus la coupe d'amertume

« Sur mes jours, dont la fleur languit et se consume;

« Mais puisque vous daignez, partageant mes ennuis,

« Prendre un noble intérêt à l'état où je suis,

« Je vais, en vous contant ma douloureuse histoire,

« Révéler des horreurs que vous n'oserez croire.

« Peut-être on vous a dit qu'après le jour fatal

« Où s'alluma pour moi le flambeau nuptial,

« Philippe à ses sujets, contre leur souveraine,

« Manifesta bientôt son implacable haine;

« Mais d'un si grand courroux le principe odieux

« Vous est caché, sans doute, ainsi qu'à tous les yeux.

« Apprenez donc qu'alors, favori de son maître,

« Boulogne, des humains le plus faux, le plus traître,

« Fut de tous mes malheurs le cruel artisan;

« A me perdre animé ce lâche courtisan,

9.

« Avant que je m'unisse au maître de la France,

« Avoit de m'épouser embrassé l'espérance :

« Sur ce monstre odieux de moi long-temps épris,

« Mon père avec orgueil fit peser ses mépris,

« Et de là contre nous cette haine couverte

« Qui depuis mon hymen a conspiré ma perte.

« Un prince jeune encor, qu'attachoient à mon rang

« Et la reconnoissance et les liens du sang,

« M'avoit suivie au sein de cette cour fatale,

« Où Boulogne, animé par sa haine infernale,

« Le dépeignit au roi comme un heureux vainqueur

« Dont les séductions avoient surpris mon cœur;

« Tout ce que le mensoge a de ruse et d'adresse

« Pour cacher avec art les embûches qu'il dresse,

« Trompa cruellement mon époux irrité :

« L'imposture à ses yeux parut la vérité;

« Il crut son témoignage, et résolut ma perte.

« Ma sentence bientôt à mes regards offerte

« D'un divorce honteux me fit subir la loi;

« Je vis les courtisans, pour complaire à leur roi,

« Fiers et bas, éviter ma présence importune,

« Ou, si quelqu'un d'entre eux plaignoit mon infortune,

« D'un mot consolateur et cruel à moitié.

« Il me faisoit sentir l'insolente pitié.

« Au comble des tourments désormais parvenue,

« Au milieu d'une cour où j'étois méconnue,

« Malheureuse ! j'errois, je soupirois, j'allois

« Seule, et désespérée, en mon triste palais ;

« Je pleurois et le jour et la nuit, et l'aurore

« Dans mes chagrins profonds me retrouvoit encore.

« Je voulus respirer enfin de mes revers

« Dans les bras paternels, pour moi toujours ouverts,

« Je partis ; mais, songeant qu'une pareille absence

« A d'infames soupçons livroit mon innocence,

« Je revins sur mes pas : ô regrets superflus !

« Les portes du palais pour moi ne s'ouvroient plus ;

« Au château de Compiègne on m'entraîne, on m'exile.

« Mes pleurs en liberté couloient dans cet asile,

« Lorsqu'un funeste bruit parvenu jusqu'à moi

« M'instruisit de ma honte et de l'hymen du roi ;

« Mon heureuse rivale, Agnès de Méranie,

« Régnoit dans cette cour d'où l'on m'avoit bannie.

« Des affronts si cruels, et si peu mérités,

« Ce long enchaînement de tant d'adversités,

« En frappant mon esprit d'un délire funeste,

« Achèvent d'égarer la raison qui me reste.

« Mille tourments affreux m'accablent ; mais hélas !

« Je marche vers la tombe, et je n'y descends pas,

« Et de cruels secours, en trompant mon envie,

« M'ont par des nœuds d'airain rattachée à la vie.

« J'allois dans ce lieu saint enfermer pour toujours

« Et consacrer à Dieu mes déplorables jours,

« Quand j'apprends que du roi la perte se consomme ;

« C'est pour moi qu'immolé par les foudres de Rome.

« Déplorables décrets et trop funestes soins !

« Avant ce jour fatal, il me plaignoit du moins ;

« A ses yeux maintenant je suis un monstre horrible :

« Des maux que j'ai soufferts, ah ! c'est le plus terrible.

« Mais, hélas ! quand la mort le menace aujourd'hui,

« Puis-je encore élever des plaintes contre lui ?

« Pour dérober sa tête à son destin funeste,

« J'adressois tous mes vœux au monarque céleste

« Que la ferveur implore en ce temple sacré;

« Mon cœur au désespoir dont il est dévoré

« Succomboit; à mes yeux vous êtes apparue,

« Comme un ange sauveur vous m'avez secourue:

« Voilà mon sort, voilà le récit de mes maux;

« Vous savez tout, madame. » Isembure, à ces mots,

Se tait, et sa rivale : « O reine malheureuse,

« Dit-elle, que je plains votre infortune affreuse !

« Et sur le trône, Agnès, qui vous fait tant d'horreur,

« Non moins infortunée…—Ah! quelle est votre erreur!

« Mes peines font sa joie, et son ame insensible

« A la tendre pitié peut-elle être accessible ?

« Je connois trop son cœur; oui, son cœur inhumain

« Désire mon trépas, et je meurs de sa main.

« —Sans doute, sur la foi d'un récit infidèle,

« Vous l'accusez madame, et la haine cruelle,

« L'imposture… ah! vous-même avez senti ses coups;

« N'en peut-elle être, hélas ! victime ainsi que vous?

«—Elle dont le bonheur...—O vous! vous que j'honore,

« Permettez qu'au moment où la troisième aurore

« Fera briller au ciel l'éclat d'un nouveau jour,

« Ma voix vous entretienne et s'explique à son tour :

« Alors à vos regards je me ferai connoître ;

« Et, sachant qui je suis, vous m'en croirez peut-être.

« —Quel est votre dessein? — Bientôt vous le saurez ;

« A mes justes raisons vous-même applaudirez. »

Elle dit : Isembure aperçoit quelques larmes

Prêtes à s'échapper de ses yeux pleins de charmes,

Et promet de l'attendre en cet auguste lieu.

Agnès alors s'écrie : « O reine auguste ! adieu,

« Adieu noble Isembure, » et tout à coup s'empresse

De cacher à ses yeux le trouble qui l'oppresse.

L'infortunée à peine abandonne ces lieux,

A peine elle revoit son palais odieux,

Il semble à son esprit qu'Isembure indignée,

La pâleur sur le front, et de larmes baignée,

Vient lui redemander, avec des cris jaloux,

Et le trône et la main d'un infidèle époux.

C'est peu que cette image à son ame obsédée

Reproche une couronne injustement gardée ;

Dans l'empire français, par l'Église maudit,

Elle voit les malheurs qu'enfante l'interdit

Renverser de l'état tous les rangs, tous les ordres,

Qui gémissent livrés à d'effrayants désordres.

Dieu même..... il a frappé d'un coup inattendu

Le roi, sur qui toujours son bras pèse étendu ;

Et jusqu'au sein des nuits, dans la vapeur d'un rêve,

S'offrant aux yeux d'Agnès, l'auguste Geneviève

Lui dit que, pour fléchir le céleste courroux,

Les nœuds qu'elle a formés doivent être dissous.

Elle n'entend partout que des cris et des plaintes ;

Jusque dans ses jardins, odorants labyrinthes,

Vient retentir l'écho des publiques douleurs

Qui des tristes Français lui reproche les pleurs ;

La verdure à ses yeux à regrets semble éclore ;

Pour elle tout languit, s'éteint, se décolore ;

Tous les biens qui couroient en foule la chercher

Par degrés de son cœur semblent se détacher ;

Elle aspire à goûter, loin des ennuis du monde,
Une paix inconnue à sa douleur profonde ;
Et pour son front, qu'attend un lugubre bandeau,
Son diadème, hélas ! n'est qu'un brillant fardeau.

« Mais le cloître…ah ! comment entrer sans épouvante
« Dans ces lieux où nos jours sont une mort vivante,
« Dit-elle ; en ces tombeaux, prête à m'ensevelir,
« Je verrai des flambeaux la lumière pâlir ;
« Au lin religieux quand j'offrirai ma tête,
« Le ciel même, le ciel doutant de sa conquête,
« Peut-être entendra-t-il avec étonnement
« Mes lèvres prononcer le terrible serment ;
« Peut-être l'Éternel, auquel je me dévoue,
« Réprouvera des nœuds que mon cœur désavoue :
« Mais n'importe, il est temps de triompher de moi ;
« Et ce cœur, cher époux, va s'immoler pour toi.
« Que dis-je ! quels pensers s'élèvent dans mon ame ?
« Eh comment désormais puis-je étouffer ma flamme ?
« Qui, moi t'abandonner ! je le voudrais en vain,

« Tant qu'un souffle de vie animera mon sein,

« Il battra pour Philippe. Adieu, lugubres dômes,

« Vierges saintes, adieu! fuyez, pâles fantômes;

« Près de toi, pour te suivre ou pour te secourir,

« Cher époux, en t'aimant, je dois vivre ou mourir.

« Et vous de ce héros les vivantes images,

« Que déjà de son peuple attendoient les hommages,

« Mes filles, gardez-moi vos doux embrassements.

« Et comment renoncer à ces enchantements?

« Hélas ces doux transports, cette innocente joie,

« Ces délices du cœur où mon ame se noie,

« Il faut que je m'en prive, il le faut pour toujours,

« Si d'un époux chéri je veux sauver les jours.

« Eh bien, des pénitents sépultures funèbres,

« Religieux enclos, ouvrez-moi vos ténèbres;

« J'irai; l'ardente foi, sous vos abris pieux,

« Va conduire mes pas, et me guider aux cieux.

« Loin des tristes humains, loin des terrestres fanges,

« Il est temps de goûter la volupté des anges;

« Dieu m'exauce; oui, déjà l'immortel séraphin

« M'appelle, et devant moi chante l'hymne sans fin.

« Le ciel a de mon cœur chassé l'amour profane;

« Roses du paradis, que nul hiver ne fane,

« Versez-moi vos parfums, ouvrez-moi vos bosquets,

« Mon front va s'ombrager de vos divins bouquets;

« J'entends déjà des cieux les harpes immortelles;

« Chérubins, j'aperçois la pourpre de vos ailes:

« C'en est fait, j'appartiens à la Divinité,

« Je respire Dieu même et l'immortalité. »

A ces mots, pour jamais au trône elle renonce;

Mais les droits d'Isembure et les fureurs du nonce

Contre l'arrêt fatal réclameront en vain,

Si, combattant au nom du monarque divin,

Un guerrier généreux armé pour l'innocence

D'Isembure, en champ clos, n'embrasse la défense:

Agnès mande à l'instant le plus noble des preux.

C'est toi Montmorenci, toi, héros généreux,

Implacable ennemi de la ruse et du crime,

Et l'objet éprouvé de sa plus haute estime.

« Illustre chevalier, dit-elle, c'est à vous

« De sauver à la fois la France et mon époux.

« Boulogne, par l'effet d'une horrible imposture,

« A souillé lâchement la gloire d'Isembure ;

« Elle a perdu le trône, et j'occupe son rang ;

« Mais le cœur qui vous parle est trop noble et trop franc

« Pour ne pas abhorrer cette pompe royale,

« Qu'un droit juste et sacré doit rendre à ma rivale.

« Boulogne a déclaré qu'un lâche suborneur

« Du lit de cette reine a profané l'honneur,

« Il ment : je vous choisis pour démasquer ce traître ;

« Dans la lice avec vous forcez-le à comparoître,

« Et qu'un vil scélérat, sous vos coups abattu,

« Rende, avant d'expirer, hommage à la vertu,

« Armez-vous ; de l'État l'intérêt vous l'ordonne. »

Elle dit : le guerrier, que son discours étonne,

En paroît confondu. « Quoi ! s'est-il écrié,

« Quoi ! madame, c'est vous dont la noble pitié

« D'Isembure opprimée embrasse la défense,

« Et veut à l'univers prouver son innocence ?

« Vous lui rendez le trône ! — Il le faut; désormais

« Je ne m'appartiens plus, à Dieu je me soumets;

« Dieu contre mon malheur deviendra mon refuge;

« Combattez, opposez, en le prenant pour juge,

« Le décret du ciel même au décret des humains;

« Le salut de l'État repose entre vos mains. »

A ces mots, entraîné par la voix qui l'anime,

En sa bouillante ardeur le héros magnanime

Vole aux pieds d'Isembure, et jure à ses genoux

Qu'il va prouver bientôt son innocence à tous,

Si pour son chevalier sa voix daigne le prendre.

Isembure l'accepte; il s'arme; il vient se rendre

Au palais de Boulogne, et lui dit : « Imposteur,

« D'un forfait supposé lâche fabricateur,

« Toi de qui la fureur par un crime assouvie,

« D'Isembure innocente osa noircir la vie,

« Tu bravois son courroux, faible et privé d'appui;

« Tremble, ce bras armé la défend aujourd'hui. »

Du combat, à ces mots, il lui jette le gage.

Pâlissant de terreur et frémissant de rage,

Boulogne pour parler fait un stérile effort;

Il semble à ses regards que l'ange de la mort

Devant lui tout à coup ait fait briller son glaive;

Enfin il se rassure, et le gant qu'il relève

Annonce qu'il est prêt à venger son affront;

Le dépit et la haine éclatent sur son front.

Bientôt les deux guerriers s'élancent vers la place [1]

Où doit se mesurer leur intrépide audace:

Le champ s'ouvre : jamais, dans un combat pareil,

Ne s'offrit à la vue un plus sombre appareil.

On aperçoit, non loin de cette affreuse lice,

Le terrible instrument du plus honteux supplice.

Là s'offrent du combat les juges, les hérauts,

Ici l'horrible claie, et plus loin les bourreaux.

Le pontife pieux, qui sur l'impénitence

Fait descendre du ciel la terrible sentence,

Tout prêt à recevoir les sermens vrais ou faux,

Au milieu des bûchers, des croix, des échafauds,

Tient deux livres sacrés que le crime redoute;

10.

Du ciel au vrai chrétien, l'un découvre la route,

Est l'effroi du mensonge, et devant l'Éternel

Va recevoir bientôt le serment solennel,

C'est le saint Évangile appui de l'innocence;

L'autre en lettres de sang, que traça la vengeance,

Expose à tous les yeux les imprécations,

Les arrêts fulminants les malédictions

Qu'il va faire tonner, par la voix du saint prêtre,

Sur le cœur assez faux, assez vil, assez traître

Pour mentir au ciel même et braver les enfers.

On n'entend point alors éclater les concerts

Du belliqueux airain qui, promettant la gloire,

Prélude par ses chants aux chants de la victoire;

On entend le béfroi présageant le trépas,

Dont ses coups mesurés semblent compter les pas.

Soudain Montmorenci découvre son visage,

Et du Christ immolé sa main touchant l'image :

« Je jure sur le Dieu que j'adore et je crois,

« Sur le saint Évangile, et sur l'auguste croix,

« Sur ma foi de chrétien, sur mon divin baptême,

« Sans craindre d'encourir la mort et l'anathême,

« Je jure que ma cause est juste, et que mon fer,

« Prêt à venger l'honneur, qui me fut toujours cher,

« Va d'un lâche imposteur prouver la foi mentie :

« Dieu, qui connoît mon droit, confondra ma partie ;

« Et mon triomphe est sûr, si le saint chevalier,

« George, de ses secours consent à m'appuyer. »

Il dit : Boulogne alors par le même langage

A lutter contre lui d'un air affreux s'engage.

Et le prêtre bientôt d'un saint zèle emporté

Lui dépeint de l'enfer l'affreuse éternité :

« Craignez que dans ses flancs il ne vous engloutisse ;

« Du ciel par un aveu désarmez la justice ;

« A ce combat encor vous pouvez renoncer,

« Sinon c'est Dieu sur vous, Dieu qui va prononcer. »

Mais Boulogne, du ciel craignant peu la menace,

A tous les yeux surpris redouble encor d'audace ;

Il déclare à l'instant qu'il renonce au vrai Dieu,

Qu'il se livre à l'enfer, à ses gouffres de feu,

S'il est vrai que sa voix ait par une imposture

Injustement flétri la vertu d'Isembure.

Il la dit adultère, et, prêtant son serment,

Tend sa coupable main qui tremble et le dément;

Il fait plus, et, s'armant d'une impudence insigne,

Il ose de la croix souiller l'auguste signe;

Il baise avec respect l'Évangile sacré,

Et, terrible, au combat porte un front assuré.

L'un et l'autre soudain, prenant sa forte lance,

D'un saut impétueux sur un coursier s'élance;

Le roi d'armes s'écrie : « Il en est temps, partez;

« Faites votre devoir. » Alors, des deux côtés,

Volent en même temps ces rivaux intrépides.

Aiguillonnant les flancs de leurs coursiers rapides,

Ils se heurtent; du choc tombent leurs destriers.

Tous deux, abandonnant leurs larges étriers,

Ils marchent l'un vers l'autre, armés du cimeterre,

Et se livrent entre eux une implacable guerre.

Boulogne le premier, pour venger son affront,

Donne au glaive qu'il tient un mouvement si prompt

Que l'air en étincelle et que la terre en tremble;

Son rival, sous l'abri des armes qu'il rassemble,

Se protège, attendant que la fureur du fer

En efforts impuissants se dissipe dans l'air;

Cependant au milieu de l'horrible tempête,

Qui, tombant sur l'airain, siffle autour de sa tête,

L'acier brise l'armet du preux qui, tout à coup,

Échappe, en se baissant, à ce terrible coup,

Se relève, et du traître enfonçant la cuirasse,

Dans son flanc déchiré laisse une horrible trace;

Alors d'un bras puissant il le jette à ses pieds,

Et, tandis que sur lui de ses genoux pliés

Le poids victorieux s'affermit et le presse,

Il saisit d'une main sa dague vengeresse,

Et du fer à la gorge est prêt à le frapper.

« A mes coups maintenant tu ne peux échapper,

« Traître; confesse donc que de ta bouche impure,

« Quand l'audace a flétri la vertu d'Isembure,

« Toi-même impudemment par la gorge as menti;

« Parle, ou c'est fait de toi. » Boulogne a ressenti

Les terreurs de la mort, et cède à leur puissance;

Sa voix a d'Isembure attesté l'innocence;

L'humiliant aveu le dérobe au trépas;

Et vers la tour du Louvre on entraînoit ses pas,

Lorsque de ses amis la troupe rassemblée

Le rejoint, au milieu de la foule troublée,

Le délivre, en ses rangs le place, et sans délais,

Va rejoindre, avec lui, la flotte des Anglais.

Par les cieux cependant d'un saint zèle enflammée

Du jugement de Dieu la reine est informée;

Mais, pour que ses désirs soient pleinement remplis,

Il faut que, remontant sur le trône des lis,

Isembure bientôt sorte de son asile,

Qui doit à sa rivale offrir un port tranquille.

Tels sont les vœux d'Agnès; mais son cœur noble et pur

Des vœux qu'il a formés de lui-même est-il sûr,

Quand l'aspect du palais témoin de sa tendresse

Des plus doux souvenirs l'environne et la presse?

Là, disputant leur mère à l'amour d'un époux,

Ses filles l'enivroient des baisers les plus doux.

O vous! dit-elle, ô vous mes compagnes chéries,
Tant de fois dans mes bras et sur mon sein nourries,
Dont mes soins cultivoient les naissantes vertus,
Quoi! je vous perdrai donc et ne vous verrai plus!
Alors sur leur image et sur sa triste couche
Elle se précipite, elle imprime sa bouche,
Et parmi des soupirs, des plaintes, des sanglots,
Les arrose de pleurs qui coulent à longs flots;
Enfin, de ses transports calmant la violence,
Du séjour qu'elle habite elle sort, et s'élance
Vers le réduit secret du pontife romain,
Dont l'ame brûle encor d'un courroux inhumain.
En victime au Saint-Siège elle s'offre elle-même,
Et, s'il veut rétracter son funeste anathême,
Elle jure à l'instant que, par un chaste vœu,
Elle va pour jamais se consacrer à Dieu.
Du légat, à ces mots, le cœur s'ouvre et s'enflamme;
Le souverain du ciel vient de changer son ame;
Ce n'est plus ce prélat dont le cœur plein de fiel
Fit tonner sur Paris les vengeances du ciel,
C'est un juge clément dont la bonté pardonne;

Son cœur au vœu d'Agnès aisément s'abandonne ;
Du triomphe de Rome en secret s'applaudit,
Et consent à lever le fatal interdit.

Déjà Montmorenci, dont l'illustre courage
A lavé d'Isembure et châtié l'outrage,
Vient de lui révéler par quels soins généreux
La reine a su changer son destin rigoureux.
A peine à ce récit Isembure ose croire ;
Quoi ! sa rivale même a défendu sa gloire !
Et, relevant son front dans l'opprobre abattu,
Lui rendant sa couronne... O sublime vertu !
Héroïque grandeur ! ainsi qu'un trait de flamme,
Ce noble dévouement a pénétré son ame.
Lorsqu'arrive le jour où dans ces tristes lieux
Sa rivale en secret doit s'offrir à ses yeux,
A peine elle aperçoit cette illustre inconnue,
Qui d'elle s'approchant dans l'ombre s'insinue,
Heureuse, elle s'écrie : « Apprenez mon bonheur ;
« Apprenez... C'est Agnès qui m'a rendu l'honneur ;

« Et je n'en doute point, c'est vous, c'est vous, madame,

« Qui de vos sentiments avez rempli son ame ;

« Mais daignez vous nommer, à qui dois-je un bienfait...

« — Ne soupçonnez-vous pas qui je suis en effet ?

« — Dieu ! quel trait de lumière ! ai-je pu méconnoître ?...

« Non, cette émotion qu'en vos traits je vois naître,

« Ces sanglots étouffés, ce désordre...ah ! c'est vous ;

« Oui, vous êtes Agnès ; je tombe à vos genoux ;

« Je ne les quitte plus ; permettez, reine auguste...

« — J'ai cessé de régner ; Dieu vous venge, il est juste ;

« Mais jamais son courroux peut-il être adouci,

« Si votre cœur blessé ne me pardonne aussi.

« — Vous pardonner, ô ciel ! et quel est donc le crime

« Dont s'accuse envers moi votre cœur magnanime ?

« Un autre a médité mes horribles malheurs ;

« Un autre, en m'immolant, a fait couler mes pleurs ;

« Un autre, ayant tissu la trame la plus noire,

« Pour me chasser du trône osa souiller ma gloire.

« Par un lâche forfait seul il s'est avili,

11

« Mais vous, vous des vertus le modèle accompli,

« Pouvez-vous implorer le pardon d'une injure ?

« Ah! d'exaucer mes vœux c'est moi qui vous conjure ;

« Devenez mon amie, unissons nos douleurs ;

« Aidons-nous l'une et l'autre à porter nos malheurs ;

« J'oublierai mes tourments pour compatir aux vôtres ;

« Vos maux s'adouciront quand ils seront les nôtres,

« Déjà pour vous, Agnès, je donnerois mon sang ;

« Mais ne renoncez point à votre auguste rang,

« Et conservez toujours le sacré diadême ;

« C'est à vous de régner puisque c'est vous qu'on aime.

« Hélas! Philippe en vain m'engageroit sa foi ;

« Je verrois ses regards se détourner de moi ;

« A mes plus tendres soins il seroit insensible.

« Pouvez-vous ignorer votre empire invincible?

« Si moi, votre rivale, à ce pouvoir si doux

« Je ne puis résister, chère Agnès, croyez-vous

« Que l'époux fortuné, le héros dont votre ame

« A comblé les désirs et partagé la flamme,

« S'arrache à des liens si tendres, si chéris,

« Pour s'unir à l'objet de ses plus froids mépris?

« Pouvez-vous l'exiger?—Et vous, noble Isembure,

« Pouvez-vous, n'écoutant qu'une vertu si pure,

« Aux mouvements d'un cœur qui s'immole pour moi

« Sacrifier sans crainte et la France et son roi?

« Philippe est expirant; notre première envie,

« Notre premier devoir, est de sauver sa vie.

« Pour ravir au trépas ce héros précieux,

« Il faut exécuter la volonté des cieux,

« De son crime envers vous surtout il faut l'absoudre,

« Et de Rome en régnant vous éteindrez la foudre.

« Ne combattez donc plus l'immuable dessein

« Qu'une volonté ferme a fixé dans mon sein,

« Et daignez seulement calmer la juste crainte

« Dont près de vous encor je sens mon ame atteinte.

« J'ai deux enfants chéris, le charme de mes jours;

« Bientôt ils me seront étrangers pour toujours;

« Leur père est expirant: que votre appui leur reste;

« Ne les punissez pas de mon hymen funeste;

« Soyez leur mère aussi; que mes filles, hélas!

« Pensent, vous embrassant, me serrer dans leurs bras.

« Me le promettez-vous ? — Je le dois, je le jure ;

« En douter est pour moi la plus sensible injure :

« Vos enfants sont les miens, ô! qu'ils vont m'être chers ;

« Pour leur donner mes soins j'oublierai l'univers. »

A ces mots, le cœur plein d'une céleste joie

Qui dans ses yeux charmés éclate et se déploie,

« Chère Isembure enfin, dit Agnès, vos bontés

« Ont dissipé l'effroi de mes sens agités.

« Ah! sur vous maintenant tout mon bonheur se fonde,

« Et j'échappe aux seuls nœuds qui m'enchaînoient au monde.»

Elle dit, et s'éloigne, et va dans le saint lieu

Par un vœu solennel se consacrer à Dieu.

Un voile, où resplendit l'éclat du rang suprême ²,

Sur son front se déploie en brillant diadême.

Le temple s'ouvre, elle entre, avance vers le chœur,

Et, pâle du projet arrêté dans son cœur,

Aperçoit les tombeaux de ces rois, de ces reines,

Dont les cendres, du monde autrefois souveraines,

Reposent maintenant dans la nuit du cercueil.

Du sanctuaire à peine elle a franchi le seuil,

Un prêtre lui dépeint les voluptés célestes

Que le cloître promet à ses vertus modestes.

« Fuyant du vice impur les funestes vapeurs,

« Des misères du monde et des songes trompeurs

« Tu sors ; et dans la vie en ces lieux tu te plonges,

« Non dans celle qui passe au milieu des mensonges,

« Mais dans celle que Dieu promet à ses élus,

« Où l'éternité règne, où les temps ne sont plus.

« Qu'est-il à redouter dans nos saintes demeures ?

« Des épreuves d'un jour, des maux de quelques heures ;

« L'éternité t'appelle, et du temple agité

« L'écho sombre et profond répond : l'éternité. »

Le pontife a parlé ; dépouillant sa parure,

Et dévoilant aux yeux sa blonde chevelure,

Agnès en livre au fer l'inutile trésor ;

Telle on voit sous la faux tomber la gerbe d'or :

Puis à ses vêtements, dont le faste l'obsède ;

11.

Du lin religieux l'humilité succède.

Elle s'incline alors devant l'autel sacré

Qui de la terre au ciel est le premier degré;

Bientôt un crêpe noir déroulant ses plis sombres

Sur elle a répandu de formidables ombres,

Et l'enferme vivante ainsi qu'en un tombeau;

Vers les quatre côtés du terrible rideau

Brillent d'un jour affreux quatre torches funèbres.

Tandis qu'elle est plongée en ces saintes ténèbres,

Le ministre sacré chante l'hymne des morts;

De lamentables voix répètent ses accords,

Et des tombeaux poudreux aux voix qui se confondent

Par un lugubre écho les profondeurs répondent.

Ainsi la chrysalide, en sa cellule d'or

Paroissant sommeiller, médite son essor;

Et, lasse de ramper, secrètement dépouille

Ses noirs anneaux couverts du limon qui la souille,

S'apprête à s'emparer de son éclat futur,

Revêt ses ailes d'or, et de pourpre et d'azur,

Part, vole, et, tout à coup à la terre ravie,

Rayonne de splendeur, de jeunesse, et de vie :

La néophyte ainsi, sous son abri pieux,

S'épure, et se prépare à s'envoler aux cieux.

Mais s'ouvrant tout à coup le voile horrible tombe,

Et, comme si quittant le séjour de la tombe,

Superbe, elle marchoit vers l'empire immortel,

D'un pas ferme et rapide elle monte à l'autel,

Elle y monte au milieu des pompes magnifiques,

Des chants religieux, des hymnes séraphiques,

Des festons odorants, des candelabres d'or,

Des prêtres vers le ciel dirigeant son essor ;

Elle entend retentir le murmure qu'envoie

L'airain qui se balance et résonne avec joie,

Tandis que l'encens fume en ses vases flottants,

Et mêle ses parfums aux parfums du printemps.

Déjà la néophyte à l'autel redoutable

Va prononcer le vœu terrible, irrévocable ;

Quand des cris tout à coup dans le temple entendus...

Dieu ! ses enfants chéris à son amour rendus

Dans ses bras ont volé conduits par Isembure ;

Pour conserver au monde une vertu si pure

Isembure elle-même a tenté les moyens

De rattacher Agnès à ces tendres liens,

Et croit pouvoir encor, par son doux artifice,

Opposer un obstacle à ce grand sacrifice.

Quel instant pour Agnès ! en vain le voile est prêt;

Le voile, le serment, le Dieu, tout disparoît;

Ses enfants... pour son cœur il n'est plus d'autre joie,

Et le monde par eux a ressaisi sa proie.

Mais quel nouveau spectacle a frappé ses esprits !

Voilà, voilà, du haut des célestes lambris,

Q'uapparoît à ses yeux l'auguste Geneviève;

Qui, parlant à son cœur, lui dit : « Poursuis, achève;

« Monte aux cieux; n'attends pas qu'un obstacle jaloux

« S'élève entre ton ame et l'immortel époux.

« Que fais-tu ? qu'attends-tu ? la palme est déjà prête;

« Vois ses rameaux sacrés qui flottent sur ta tête !

« Dieu t'appelle. » O grandeur ! ineffable bonté !

Tout à coup un rayon de la Divinité

Frappant les yeux d'Agnès la remplit de sa flamme;

Agnès, à l'Éternel ouvrant toute son ame,

Aux objets les plus chers fait un dernier adieu,

S'arrache à ses enfants, et se livre à son Dieu.

Mais son pénible effort pour vaincre la nature,

Qui dans son cœur ému se révolte et mumure,

Troublant tous ses esprits, a d'un trop foible corps

Par un cruel assaut fatigué les ressorts ;

Et sa force bientôt se consume, pareille

A la lampe témoin de sa lugubre veille.

Cependant on voyoit, pleins d'un timide effroi [5],

Et demandant au ciel le salut de leur roi,

Les Français, que Paris de ses murs environne,

Solliciter l'appui de leur sainte patrone.

Déjà l'antique châsse où dorment ses débris

Sortant d'un long repos frappe, les yeux surpris ;

Dans un ordre sacré la pompe se déploie,

Et s'avance au milieu de la publique voie ;

Sur une croix, dont l'or éclate dans ses mains,

Un prêtre offre le Dieu qui sauva les humains ;

Plus loin, le front baissé, viennent ces solitaires

Qu'au siècle a dérobés l'ombre des monastères ;

Ils précèdent les pas des pontifes pieux,

Dont les chants inspirés s'élèvent jusqu'aux cieux ;

Six prélats révérés portent sur leurs épaules

La châsse où dort en paix la bergère des Gaules,

Où l'émeraude éclate, où le rubis dans l'or

Brille, et de sa lumière incruste le trésor ;

De la rose entassée en de riches corbeilles

Cent vierges font voler les dépouilles vermeilles,

Et la sainte en reçoit les odorants tributs ;

Des ministres du ciel les plus jeunes tribus

Balancent dans les airs le vase où l'encens fume,

De ses flots exhalés la route se parfume ;

On entend retentir l'airain religieux ;

Des pontifes sacrés les chants harmonieux,

Les voix des instruments, et les voix virginales,

D'un silence profond sortant par intervalles,

Implorent Geneviève en leur sainte ferveur.

« Sollicite pour nous les bontés du Sauveur,

« O toi ! qui, protégeant ta Lutèce chérie,

« Sus d'Attila loin d'elle écarter la furie,

« Et du plus grand des maux préserver son destin :

« Toi le port du salut, l'étoile du matin ;

« Toi vierge du Très-Haut, toi qui sous ton auspice

« Offres un encens pur à sa bonté propice !

« Daigne nous protéger, soutiens nos foibles voix ;

« Porte-les jusqu'aux pieds du souverain des rois,

« Qu'il arrache à la mort son illustre victime,

« Et qu'il rende aux Français leur prince magnanime. »

Geneviève attendrie entend ces chants pieux,

Et les présente aux pieds du monarque des cieux,

Qui, touché des malheurs dont a gémi la France,

Daigne enfin mettre un terme à sa longue souffrance ;

Il exauce les vœux du peuple rassemblé,

Fait un signe, et des cieux tout l'empire a tremblé.

La sainte, en s'éloignant de leurs voûtes profondes,

Dans l'espace rempli des innombrables mondes

S'élance et, déjà loin des célestes lambris,

Entre au palais du roi dans les murs de Paris.

Là, pour sauver les jours du monarque débile,

Blanche au pied de son lit prie et veille immobile;

De l'hysope sacrée agitant les rameaux,

Un pontife auprès d'eux disoit les derniers mots

Que traîne la prière, en cadences plaintives,

Pour ceux qui de la vie abandonnant les rives,

Et du monde à venir sondant l'immensité,

S'enfoncent dans la mort et dans l'éternité.

De Lutèce bientôt la patrone divine

A moitié se découvre à l'œil qui la devine;

Elle ne marche pas, l'air soutient son essor;

Sa houlette en sa main paroît un rayon d'or;

A peine, en la baissant, elle en touche Philippe;

Le tourment qui l'obsède à l'instant se dissipe;

Ses traits n'étalent plus les symptômes brûlants

Du feu séditieux qui dévoroit ses flancs;

Son front s'épanouit, sa bouche se colore;

Le sourire en ses yeux a commencé d'éclore,

Et la vierge soudain, loin de son pavillon,

Fuit, et trace dans l'air un lumineux sillon.

Il est temps qu'en son sein la France te revoie,
Viens Philippe, et des tiens entends les cris de joie;
Que dis-je? dans ses champs, dans ses murs, dans ses ports,
Lorsque la France éclate en fortunés transports,
Combien le roi gémit, sitôt qu'on lui révèle
De son hymen rompu la terrible nouvelle;
On le voit d'épouvante et d'hórreur agité;
Vers l'asile d'Agnès il s'est précipité;
Il entre, il veut la voir; on l'arrête, il se trouble;
Il interroge; on pleure, et son effroi redouble.
Que présagent, grand Dieu! ces muettes douleurs?
A–t–il à redouter encor d'autres malheurs?
Bientôt on le conduit au fond d'un cloître sombre;
Là, cherchant son épouse, il n'en voit plus que l'ombre.
Où sont les doux attraits dont il fut ébloui?
Grace, beauté, fraîcheur, tout s'est évanoui!
Elle avoit, immolant l'amour à la justice,
Succombé sous le poids de son grand sacrifice;

De ses derniers moments ses deux filles témoins
Pleuroient, l'environnoient de leurs plus tendres soins;
Des sanglots douloureux s'échappoient de leur bouche,
Son époux éperdu s'élance vers sa couche,
Et s'écrie : « Est-il vrai, cruelle épouse, ô ciel !
« Quoi ! tu m'as pu quitter, et par un vœu cruel...
« Nos liens sont sacrés, rien n'a pu les dissoudre;
« Moi te perdre, ah! plutôt que l'Église et sa foudre...
« —Écoutez-moi, Philippe; oui, j'ai brisé mes nœuds,
« J'étois seule un obstacle à vos destins heureux;
« Il falloit vous sauver, il falloit que je fisse
« Du trône à ma rivale un juste sacrifice;
« Elle étoit innocente, on vous avoit trompé;
« Je lui cède un bonheur par le crime usurpé;
« Mais il est un bienfait que de toi j'ose attendre,
« Tu dois me l'accorder, j'ai le droit d'y prétendre,
« Et je veux que d'abord ta voix par un serment
« D'exaucer mes désirs prenne l'engagement;
« Je ne puis m'expliquer sans cet auguste gage. »
Par un serment sacré soudain le roi s'engage;

Agnès alors prenant un accent solennel :

« Eh bien, j'ose exiger au nom de l'Éternel,

« Je veux, quand du trépas je serai la victime,

« Que le nœud le plus saint et le plus légitime,

« T'engageant Isembure et lui donnant ta foi,

« Rende en elle aux Français l'épouse de leur roi.

« Adieu, je sens la mort dont l'approche me glace ;

« En un monde meilleur je vais prendre ma place.

« Vous, mes filles, venez, venez me secourir,

« Fortifier mon ame, et m'aider à mourir ;

« Que de vos bras encor je sente les étreintes ;

« Offrez la sainte croix à mes lèvres éteintes.

« Adieu, je vais du ciel vous ouvrir les chemins.

« Joins tes mains, cher Philippe, à mes tremblantes mains,

« Approche, et du trépas vois la triste victime ;

« Tu peux dans ce moment la regarder sans crime.

« Puisse dans le tombeau qui doit la recueillir

« Ma cendre à tes débris se joindre, et tressaillir

« Heureuse de mêler, au sein de la mort même,

« Mes restes fortunés à ceux du roi que j'aime !

« Philippe, à nos enfants accorde tes secours,

« Veille sur leurs destins, et chéris-les toujours;

« Souviens-toi de leur mère. » Elle dit, et la vie

Sans douloureux effort à ses sens est ravie,

Et, dans un doux repos paroissant s'assoupir,

Elle exhale son ame en un dernier soupir.

Cette ame ayant quitté sa dépouille mortelle,

Un ange radieux vers la voûte éternelle

L'emporte, en s'élevant sur des ailes de feu,

Et belle de vertu la présente à son Dieu.

FIN DU NEUVIÈME CHANT,

CHANT X.

ARGUMENT.

Isembure est reconnue reine par Philippe. — Énumération des différents peuples dont les troupes composent l'armée des alliés. — L'empereur Othon ouvre une diète à Valenciennes. — Discours qu'il prononce ; réplique de Boulogne et de Ferdinand. — Isabelle, délivrée de sa passion pour Thibaut, se rend en Belgique auprès de Jean-sans-Terre. — Philippe se dispose à combattre la ligue. — Pèlerinage de Blanche. — Un saint homme la reçoit dans son ermitage. — Thibaut l'instruit du sort de Louis, prisonnier en Belgique, et parvient à le délivrer. — Mort tragique de la mère d'Isabelle. — Remords de celle-ci. — Plantagenet la conduit à l'autel pour l'épouser. — Horrible catastrophe. — Mort d'Isabelle.

CHANT X.

La dépouille d'Agnès, à la terre rendue,
A peine dans la tombe est-elle descendue,
Le roi veut acquitter le serment solennel
Qu'il fit à son épouse, au nom de l'Éternel,
De rendre à ses sujets leur reine légitime.
Déjà, pour délivrer cette illustre victime,
Les ordres du monarque assemblent son conseil.
Isembure, au milieu d'un pompeux appareil,
Sort du cloître, et bientôt des grands environnée,
Par les mains d'un époux resplendit couronnée.
Le héros lui sourit, lui fait un doux accueil ;
Toute sa cour l'imite, et, sortant d'un long deuil,
Au rang qu'elle a perdu la reine est replacée ;
Mais quand des plus grands maux la France menacée
Voit contre elle marcher ses plus fiers ennemis,

Quel repos à son roi pourroit être permis ?
Il sait que les Anglais sur leur flotte guerrière,
De l'Océan jaloux franchissant la barrière,
Ont vu la Flandre ouverte à tous leurs bataillons,
Et planté dans ses champs leurs nombreux pavillons;
Que Ferdinand, rempli d'orgueil et de colère,
Reparoît appuyé du perfide insulaire,
Et que la Germanie, aux sanglants léopards,
Déjà dans la Belgique a joint ses étendards :
Deux cent mille guerriers que la ligue rassemble
Contre la France unis vont l'attaquer ensemble.

Comment les dépeindrai-je? ah! quand j'aurois cent voix,
Pourrois-je retracer tous les brillants pavois,
Les casques, les drapeaux, les glaives, les cuirasses,
De ces preux distingués par leurs antiques races.
Dirai-je d'Albion les orgueilleux enfants,
Qu'indignent des Français les exploits triomphants?
Les uns viennent du nord de la riche Angleterre,
Qui sous Plantagenet baisse un front tributaire;

C'est le vaillant Sussex, le noble Westmorland,
Somerset et Pembrock, Carlisle et Cumberland :
Tous veulent d'Albion venger les grands désastres.
Je ne t'oublierai pas, famille des Lancastres,
Qu'attendent les combats, les succès, les revers,
Et dont la renommée emplira l'univers.
Et vous, nobles guerriers d'Hertford et de Cambridge,
Audacieux Norfolk, arrogant Faucombridge,
Suffolk, et Middlesex, étalez à nos yeux
Votre pauvreté noble, et vos noms glorieux,
Tandis que des Anglais l'éblouissante élite,
Salsbéry, Rochester son ardent prosélyte,
Et Stafford, et d'Essex, étincellent sous l'or
Que leur ont prodigué les beautés de Windsor.

Que dirai-je de vous, guerriers de la Zélande,
De Bruges, de Tournai, de Nieuport, et d'Ostende?
Parois, peuple amphibie, errant dans les canaux
Où la Meuse répand ses maternelles eaux;
Pour voler au combat, oubliant tes nacelles,

Seconde les guerriers de Lille et de Bruxelles,

Et les fils de l'Escaut qui, sous un ciel obscur,

De ses flots nourriciers promène en paix l'azur.

Mais que sont-ils auprès des guerriers teutoniques,

Et de ceux qu'ont produits les cercles germaniques?

Voilà cet empereur si fier, si glorieux,

Qui déjà des Français se croit victorieux;

Superbe, et le front ceint d'un triple diadême,

Il voit tous ses sujets, enfants de la Bohême,

De Prague, de l'Istrie, et des bords sablonneux

Que l'hydre électorale enveloppe en ses nœuds;

Il voit se déployer leurs aigles dont les serres

A l'aigle impériale ont soumis leurs tonnerres,

Et dont le vol embrasse, en leur cours souverain,

Le Wéser, le Danube, et l'Oder, et le Rhin,

Grands fleuves qui, portant ses galères puissantes,

Sous leur voile ont courbé des eaux obéissantes.

Que d'écussons pompeux, que de riches blasons,

Attestent la grandeur de leurs nobles maisons!

Là sont les souverains de Brunswick et de Clèves;

Ici ceux de Wismar, et ceux dont tu relèves,
Orgueilleux Dusseldorf ; et vous Dantzick, Hambourg,
Trèves, Spire, Manheim, et Torn, et Philisbourg,
Contre la France armés vous envoyez vos braves,
Vos princes, vos barons, vos superbes landgraves,
Tous illustres déjà par leurs nobles renoms.
Othon leur parle à tous, les cite par leurs noms,
Et redit les exploits de leur famille illustre,
Qui va dans les combats briller d'un nouveau lustre.

Brûlant d'exécuter l'ambitieux dessein
Qui met à tant de rois les armes à la main,
Pour en délibérer, à leur tête il s'élance
Vers les antiques murs élevés par Valance,
Et forme une assemblée où ses puissants décrets
Vont des princes ligués régler les intérêts.
Superbe, et surmonté d'un dais qui le couronne,
Il brille avec les grands dont l'éclat l'environne ;
L'aigle de l'Occident, prêt à prendre l'essor,
De la foudre à ses pieds retient les gerbes d'or,

Et paroît, méditant sa nouvelle conquête,
Pour voler aux combats dresser sa double tête.
Sur un trône porté par deux fiers léopards
Le prince des Anglais éblouit les regards ;
On voit à ses côtés, appuyé sur un glaive,
Ferdinand, le cœur plein des conquêtes qu'il rêve,
De la Flandre envahie, il veut venger l'affront;
La couronne de comte éclate sur son front :
Mille autres chevaliers, qu'illustrent leur naissance,
Leurs faits d'armes, leur gloire, et leur magnificence,
Dans un cercle formé de trois rangs fastueux,
Offrent de tous côtés leurs traits majestueux.
Othon élève alors une voix qui captive
De ses fiers alliés l'assemblée attentive.

Jamais une entreprise, en ses premiers essais,
Ne permit d'espérer un plus heureux succès
Que celle dont l'objet en ces lieux nous rassemble.
Déjà fuit devant nous notre ennemi qui tremble,
Et les Flamands déjà, nous livrant leurs cités,

Ont commencé le cours de nos prospérités.

Doutez-vous que bientôt, à Philippe infidèles,

Ses vassaux à nos chefs n'ouvrent leurs citadelles,

Et que de son pouvoir les ennemis secrets

Ne rattachent leur cause à nos grands intérêts?

Je ne m'explique point, mais je crois qu'un partage

Peut déjà nous livrer cet immense héritage.

De la Loire à l'Escaut, du Rhône jusqu'au Rhin,

Je serai des Français le maître souverain;

L'Aquitaine et l'Anjou, la Bretagne et le Maine,

Vont au roi d'Albion céder leur beau domaine;

Cambrai, Namur, Amiens, et Paris, et Soissons,

Seront de Ferdinand les guerrières moissons;

Boulogne au Vermandois unissant ses provinces,

Leur fera dans ses fils reconnoître leurs princes,

Et tous ces champs féconds, ces villes, ces coteaux,

Que la Saône et la Marne arrosent de leurs eaux,

Seront, par un partage inaltérable et juste,

Distribués aux chefs de notre ligue auguste.

Les Français dont les bras serviront nos efforts

13

Sur les monts de l'Auvergne élèveront leurs forts;

J'en jure par ce sceptre et par l'aigle puissante

Qui va lancer bientôt ma foudre menaçante,

Par l'aigle des Germains et de leurs alliés,

Qui verront les Français tomber tous à mes pieds.

De l'Empire, en ces mots, le souverain s'exprime;

Des applaudissements le concert unanime

Répond à ce discours par les chefs accueilli.

Dans ses pensers profonds quelque temps recueilli,

Boulogne veut parler, se lève, et l'on s'empresse

D'écouter ses avis dictés par la sagesse.

« Magnanime empereur, et vous nobles guerriers,

« Dit-il, princes, barons, comtes et chevaliers,

« Unis pour abaisser cette puissance altière

« Qui vouloit envahir l'Europe tout entière,

« Vous nourrissez, sans doute, un légitime espoir;

« Cependant, la prudence ordonne de prévoir

« Les obstacles nombreux qui peuvent dans la France

« De nos heureux succès renverser l'espérance.

« Votre nombre imposant vous rassure, et je vois

« Que la France opposée aux belliqueux exploits .

« Des Belges, des Germains, des fils de la Tamise,

« A notre illustre chef paroît déjà conquise.

« Ses cités cependant et ses forts insoumis,

« Sont encore au pouvoir de nos fiers ennemis.

« Les Français mécontents augmenteront vos forces,

« Vous dit-on ; moi je crains lèurs perfides amorces,

« Ne les craignez pas moins ; pour frapper les grands coups,

« Pour vaincre l'ennemi, ne comptez que sur vous.

« Appréhendez surtout que vos belles armées

« N'expirent de disette et de faim consumées,

« Si des moissons, au gré de vos heureux efforts,

« En d'immenses dépôts n'entassent leurs trésors.

« En vous précipitant vous pourriez compromettre

« Des succès dont vos soins doivent tout se promettre,

« Si vous armez pour vous la Sagesse et le Temps.

« De vos illustres chefs et de vos combattants,

« Je sais apprécier la valeur aguerrie ;

« Mais il faut éviter la première furie

« De ces Français fougueux qui, du fameux Richard,

« Ont, cent fois, sous leurs pieds renversé l'étendard.

« Leur roi m'est en horreur, mais aux rives de l'Ebre

« Sur les bords de la Loire il s'est rendu célèbre ;

« Je dois en convenir ; je l'ai vu, quand mon bras

« Secondoit sa valeur au milieu des combats ;

« Je l'ai vu s'élancer en des torrents de poudre,

« Et de son glaive ardent faire éclater la foudre.

« Et sa brillante élite, et ses fiers vétérans,

« Dont jamais nuls guerriers n'ont enfoncé les rangs,

« Croyez-vous à l'effroi les trouver accessibles ?

« Perdront-ils aisément le titre d'invincibles ?

« Ne nous en flattons point, et bornons nos efforts

« A ravager leurs champs, à surprendre leurs forts ;

« Temporisons : bientôt, sans risquer des batailles,

« Nous verrons nos drapeaux flotter sur leurs murailles.

« Voulons-nous, en un mot, envahir leurs États ?

« Des sièges, des assauts, mais jamais de combats.

« Tel est mon sentiment. » Il dit : Fernand se lève ;

Ainsi d'un ciel en feu l'orage éclate et crève,

Ainsi, pour les délais témoignant son horreur,

Ce rebelle indigné fait tonner sa fureur.

« Quoi ! par de tels discours on prétend nous convaincre !

« Temporisez, dit-on, vous serez sûrs de vaincre.

« Le faible temporise, et non pas le puissant

« Qui, toujours intrépide, et toujours agissant,

« Marchant droit à son but où la palme rayonne,

« S'élance, la saisit, la cueille, et s'en couronne.

« Vous le savez, la France enferme dans son sein

« De nombreux partisans de notre grand dessein ;

« Ils peuvent nous trahir, nous dit-on : oui sans doute

« Si, nous exagérant les dangers qu'on redoute,

« Nous n'osons en bataille attaquer les Français ;

« Mais, si nous triomphons, charmés de nos succès,

« Nos partisans viendront sous nos drapeaux se rendre,

« Et, marchant avec nous, pourront tout entreprendre.

« Vous craignez des Français l'impétueux courroux ;

« Craignez l'Europe entière, elle a les yeux sur vous

13.

« Il faut, par un succès où la gloire étincelle,

« Justifier, bientôt, l'ivresse universelle,

« Ou, bientôt, la risée et les discours moqueurs

« Remplaceront les chants destinés aux vainqueurs.

« Il est des jours d'audace où l'esprit magnanime,

« Dans son vol emporté par un élan sublime,

« Peut tout, s'il ose tout, et perd tout s'il attend :

« Ces jours brillent pour nous, voyez, dans cet instant,

« Nos braves chevaliers montrer sur leurs visages,

« D'un triomphe prochain d'infaillibles présages.

« Tous enflammés d'ardeur accusent nos délais.

« Interrogez le Belge, interrogez l'Anglais,

« Et les Germains pressés du besoin de la gloire

« Qui déjà par des cris réclament la victoire.

« Venez, sage héros, dans leurs rangs belliqueux,

« Et rassurez votre ame en marchant avec eux. »

Du monarque, à ces mots, tout le conseil se lève,

Poussant des cris guerriers tous agitent leur glaive;

Tout le camp plein d'ardeur veut marcher à l'instant.

L'empereur applaudit à ce zèle éclatant.

Par son ordre, bientôt, la diète se sépare,

Et, redoutant l'effet des combats qu'on prépare,

Boulogne gémit seul du funeste danger

Où la ligue imprudente est prête à s'engager.

Voyant des jeunes chefs ses leçons méprisées,

Au milieu de leur joie et des longues risées,

Il leur dit : « Maintenant, vous pétillez d'ardeur;

« De mes sages avis vous raillez la froideur;

« Je vous parois timide et lent à me résoudre;

« Seul je fuis les dangers, mais quand, avec la foudre,

« Vous verrez dans vos rangs s'élancer le trépas,

« Lorsque vous fuirez tous, seul, je ne fuirai pas,

« Et l'on reconnoîtra si celui qu'on outrage,

« N'étoit pas plus que vous armé d'un grand courage »

Ainsi de ces guerriers les débats violents

Paroissoient préluder à leurs combats sanglants.

Mais tandis que l'armée à leurs ordres soumise,

Pour envahir la France à l'or anglais promise,

Se dispose à servir leur fière ambition ;

Quels sont les sentiments du prince d'Albion ?

Lorsqu'en paix dans Windsor il respiroit naguère,

Ce prince désiroit la discorde et la guerre ;

Maintenant qu'à la guerre il livre ses drapeaux,

Il semble n'aspirer qu'aux douceurs du repos.

Il ne peut oublier qu'aux rives de la France

Le sort a constamment trahi son espérance,

Et l'a précipité dans les plus grands revers ;

Son ame flotte en proie à des pensers divers.

Quelquefois, son ardeur constante, opiniâtre,

Pour l'ingrate beauté que son cœur idolâtre,

Et dont il ne sait point les désordres secrets,

Se réveille en son cœur tout plein de ses attraits.

Il voudroit, par les nœuds du plus tendre hyménée,

Voir sa chère Isabelle à son sort enchaînée.

Mélusine affermit ce désir en son sein ;

Mais, avant d'accomplir ce dangereux dessein,

L'objet infortuné d'un amour si funeste,

Des feux qu'il a sentis doit étouffer le reste.

Évoqué par la fée et ses cris furieux,

Le démon de la haine apparoît à ses yeux ;

Sanglant, environné d'horribles funérailles,

Comme un tigre, il dévore et suce les entrailles

Des victimes en proie à son horrible faim :

Le monstre, à ce carnage ayant fait trève enfin,

S'incline, avec respect, aux pieds de l'immortelle,

Qui, lui dictant ses lois : « Viens, suis-moi, lui dit-elle ;

« Victime de l'amour, une jeune beauté

« Veut de son séducteur punir la cruauté.

« C'est ton secours puissant que sa douleur réclame ;

« Il faut de tes poisons remplir toute son ame. »

Elle dit ; et, soudain, sous un ciel nébuleux,

Déployant son essor, le couple frauduleux

S'apprête à consommer cette œuvre de ténèbres.

Dans Londre on entendit des hurlements funèbres ;

Le ciel, avec horreur, éteignit ses flambeaux ;

On vit marcher les morts échappés des tombeaux ;

La comète sanglante, en son vol agrandie,

De ses cheveux dans l'air secoua l'incendie;.

Le ciel même trembla sur son axe enflammé;

Enfin, dit une voix, le charme est consommé:

Aux premiers feux du jour l'attrayante Isabelle

Reparut, et jamais n'avoit paru si belle.

Plus d'amour en son cœur. Tel sous l'impur amas

Des fanges de l'hiver et de ses noirs frimas,

Le serpent qui repose et tristement sommeille,

Quittant sa vieille peau, sur sa croupe vermeille,

Roule de ses anneaux l'argent, l'azur et l'or,

Vers le flambeau du jour prend un agile essor,

Siffle, s'enfle, et, dressant sa tête ranimée,

Darde en triple aiguillon sa langue envenimée:

Telle, se délivrant de sa funeste ardeur,

Isabelle éblouit par sa vive splendeur.

Thibaut n'est plus l'objet qui maîtrisoit son ame;

C'est un monstre odieux, un parjure, un infame,

Dont l'horrible forfait du plus indigne affront

A souillé sa pudeur et fait rougir son front.

Qu'il lui tarde à présent de posséder l'empire!

Quand pourra le courroux que son ame respire

De son parjure amant venger les attentats,

Et du maître qu'il sert envahir les états?

C'en est fait, elle part, elle franchit les ondes,

Rejoint des alliés les phalanges profondes,

Et pour perdre l'ingrat, qu'elle a pris en horreur,

Elle vient réunir son ardente fureur

A la cause des rois, de qui la ligue injuste

Veut du roi des Français troubler l'empire auguste.

Rayonnante, au milieu d'un cortège éclatant,

Au roi de l'Angleterre elle s'offre à l'instant.

Là, le sceptre pompeux que sa fierté réclame,

Par un roi dévoré d'une imprudente flamme

A son brûlant désir est accordé soudain ;

Elle voit cent guerriers, objets de son dédain,

A l'envi composer une cour qui l'adore,

Et qui de sa grandeur vient saluer l'aurore.

Même avant que le sceptre arme ses belles mains,

Sa future grandeur éblouit les humains.

Mais, tandis que son front promis au diadème,
Anticipe l'éclat de son pouvoir suprême,
Le monarque français, s'apprêtant aux assauts,
A déjà réuni tous ses puissants vassaux,
Dont l'armée intrépide étalée en phalange,
Sous les murs de Paris, en bon ordre se range.

Blanche a vu leurs apprêts, et son zèle pieux
Veut au sort de Philippe intéresser les cieux.
Elle ira supplier, pour ce prince et la France,
La Vierge qui des biens promet la recouvrance,
Avec des pèlerins, dont la sainte ferveur
S'apprête à visiter le tombeau du Sauveur.
Déjà ce long cortège atteint la forêt sombre
Qui sur un monastère au loin répand son ombre,
Où bourdonne l'abeille errante sur le thym,
Où chantent, réveillés par la voix du matin,
Les pinçons voltigeants, les fauvettes légères :
On chemine en suivant les routes bocagères,
On gravit les rochers, on franchit les ravins ;

Du plus sage des rois les cantiques divins
Font résonner au loin l'enceinte parfumée;
Des baumes, qu'envieroit l'odorante Idumée,
Exhalent dans les airs l'encens pur et flatteur
Que l'agreste nature offre à son Créateur.
Là, des preux pénitents tout pâles d'abstinence,
Le front baissé, gardant un rigoureux silence,
Marchent en parcourant des sentiers épineux,
Et du chanvre à leur col ont suspendu les nœuds.
Un rosaire à la main, cent jeunes pèlerines
En roulent sous leurs doigts les perles purpurines;
Des nobles sur leur poing portent l'oiseau chasseur;
De l'antique forêt on perce l'épaisseur :
L'un prie en l'adorant la vierge de Nanterre,
L'autre invoquant tout bas le Sauveur de la terre,
En baise sur la croix le simulacre saint;
D'un cordon pénitent cet autre le corps ceint
Implore, tout courbé sous le poids d'un cilice,
Le pieux fondateur qu'on vénère en Galice;
L'autre, sous un manteau de coquilles chargé,

14

Pour délivrer son père en un cachot plongé,

Voyage en pèlerin, secouru par l'aumône

Qu'il recueille assisté de la sainte madone;

Celui-ci de la croix possède un vrai débris,

Qui toucha des lépreux par sa vertu guéris;

Quelques-uns vont pleurant leurs belles fiancées,

Dont les ames dans l'air de la tombe élancées

A travers les rameaux offrent leurs traits mouvants

Dans ces berceaux fleuris balancés par les vents;

Au chant des voyageurs qui dans la forêt sombre

Marchent inaperçus et couverts de son ombre,

On diroit qu'elle-même exhale vers les cieux

De mystiques accents, des sons religieux,

Et nouvelle Dodone en ses arbres antiques

Puise une sainte ardeur et des chants prophétiques.

La troupe enfin sortant de ce bois révéré

Sur le mont vers le soir voit un temple sacré.

Là, des saints sur les murs resplendissent en fresques,

Revivent en sculpture, et leurs traits pittoresques

Décorent le saint lieu, dont la voûte reluit

Comme un beau ciel orné des astres de la nuit.

Blanche aux pieds de Marie implorant un refuge

Pour son royal époux : Mère du divin juge,

Dit-elle avec ardeur, accepte mon encens,

Et reçois à tes pieds mes dons reconnoissants.

Tu sauvas des Français le monarque et le père,

Prends en pitié son fils, et permets que j'espère

Retrouver un époux, dans sa jeune saison

Enlevé par le sort à sa noble maison;

S'il vit encore, hélas! du fiel qui me consume

Daigne en le ramenant dissiper l'amertume;

Enfin sauve la France, et dérobe au danger

Son roi que du trépas menace l'étranger.

Ainsi Blanche prioit, et l'ange de lumière,

Qui fait monter vers Dieu l'encens de la prière,

Offre ses vœux ardents à la reine du ciel,

Et dépose ses dons au pied du saint autel.

Puis elle sort du temple, et voit sur la colline

Ses suivants, dont le front à son aspect s'incline,

Lorsqu'un pieux ermite, habitant de ces lieux,

Auprès de son cortège apparoît à ses yeux.

Il l'aborde à l'instant, déride un front austère,

Et la presse d'entrer sous son toit solitaire :

Le princesse y consent; dans son simple réduit

Le saint anachorète aussitôt la conduit;

Là sont des fruits dorés remplissant des corbeilles,

Des vases renfermant le trésor des abeilles,

Du froment, un lait pur, et plus loin des berceaux

Où le lierre s'enlace aux jeunes arbrisseaux.

Combien de chevaliers, évitant la tempête,

Sous cet abri paisible ont reposé leur tête,

Jusqu'à l'heure où, bornant leur paisible sommeil,

L'aurore s'est levée à l'horizon vermeil!

Là l'errant troubadour avec sa noble écharpe,

Cent fois au tronc du saule a suspendu sa harpe,

Le guerrier son écu, le pèlerin, lassé,

Son bourdon voyageur du rosaire enlacé;

Là, par la dame accorte avec grace amenée,

Bien souvent a bondi la blanche haquenée,

La biche au collier d'or, la gazelle à l'œil noir,

Prêtes à retourner au gothique manoir.

Le solitaire à Blanche, en son enclos modeste,

Montre de son verger le labyrinthe agreste;

Mais Blanche ne voit rien, hélas! que son malheur;

Nul objet séduisant n'en distrait sa douleur;

Toujours devant ses yeux est l'effroyable gouffre,

Où des tombeaux d'écume, et de flamme, et de soufre,

Ont dévoré la flotte, et peut-être l'époux

Qu'enlève un sort cruel à ses vœux les plus doux.

Elle peint au vieillard ces scènes désastreuses,

En mots que ses soupirs, ses plaintes douloureuses

Interrompent cent fois, quand à ses yeux soudain

Apparoît un guerrier dans l'antique jardin

Qui du pieux ermite embellit la chaumière;

C'est Thibaut, qu'a reçu sa grotte hospitalière;

Dès qu'il aperçoit Blanche il tressaille surpris,

Court, se jette à ses pieds, et, poussant de longs cris:

« Votre époux est vivant, dit-il, et cette lettre,

« Qu'en mes mains à l'instant lui-même a fait remettre...

14.

« Lisez : » Blanche saisit l'écrit, et lit ces mots :

« Mon frère, je survis à mes horribles maux ;

« Une planche, débris de mon triste naufrage,

« M'a porté sur la terre, et conduit au rivage,

« Où contre les Français les Belges irrités,

« Pour m'immoler, sur moi se sont précipités.

« Maintenant ce vil peuple, à mon père rebelle,

« M'abandonne aux fureurs de l'infame Isabelle.

« Depuis que, te rendant à l'honneur, à ton roi,

« J'ai brisé les liens qui l'unissoient à toi,

« Isabelle, malgré sa douceur hypocrite,

« Me hait, et dans ses yeux j'ai lu ma perte écrite;

« Je voudrais vainement me soutraire à mon sort;

« Sa haine, je le sais, a résolu ma mort;

« Je tremble pour mon père ; et la ligue implacable

« Déchaînant sur la France un fléau qui l'accable,

« Immolera mon fils si tu n'es son soutien.

« Pour le mieux protéger, songe au tendre lien

« De la fraternité qui nous unit ensemble.

« L'hymen peut, remplaçant le nœud qui nous rassemble,

« A Blanche, après ma mort, engager ton amour;

« Mon ami, de mon fils sois le père à ton tour :

« Tel est mon dernier vœu; cet espoir qui me reste

« Du trépas à mes yeux rend le coup moins funeste. »

Blanche a lu cet écrit : un sublime transport

Soudain grandit ses traits, sa stature, et son port;

Ce n'est plus cette femme et plaintive et modeste,

C'est d'un être divin la majesté céleste.

Moi perdre mon époux, dit-elle, et désormais

Former d'autres liens! l'avez-vous cru? jamais.

J'ignore si votre ame, à l'espérance ouverte,

S'est flattée en secret de réparer ma perte;

Mais femme de Louis, je la serai toujours.

Et toi qui m'as promis de défendre ses jours,

Viens les sauver : je sais que bravant les obstacles

Ta valeur héroïque enfante des miracles;

Tu me verras moi-même, accompagnant tes pas,

Pour délivrer Louis affronter le trépas.

Viens, partons à l'instant. Vous, pasteur vénérable,

Donnez-moi ce haubert, à cet antique érable

Suspendu par vos mains, avec ce bouclier;
Donnez; Blanche, à ces mots, prend l'armure d'acier,
Couvre son front du casque, et l'aigrette ondoyante
Sur ses traits menaçants jette une ombre effrayante.
Au solitaire alors déclarant son dessein :

« Cette armure jamais ne quittera mon sein
« Avant que mon époux n'ait revu sa patrie.
« Je consens que la mort sèche ma main flétrie,
« Si ce glaive, par moi tiré de sa prison,
« Ne parvient à punir l'infame trahison
« Qui fit tomber Louis dans les mains d'Isabelle.
« Je pars; Thibaut me suit; frémis, troupe rebelle.
« Si je deviens parjure à mon serment sacré,
« Puisse dans l'avenir mon nom déshonoré
« Être en butte au mépris qui suit la foule immonde
« De ces femmes, rebut de leur sexe et du monde. »

Elle dit : le vieillard aux cieux lève ses mains
En invoquant tout haut l'arbitre des humains.

A l'espoir, au bonheur, Thibaut semble renaître ;

Il semble que son cœur respire un nouvel être :

« Je cours sauver mon frère, il le faut! tu le veux;

« Je le veux comme toi, je remplirai tes vœux ;

« Car si Louis n'est plus, Thibaut ne doit plus vivre.

« Va, je n'accepte point un espoir qui m'enivre,

« Que ta voix m'interdit, que je n'ose entrevoir;

« Non, délivrer Louis est mon premier devoir.

« O Blanche ! si mon frère habite encor ce monde,

« Captif ou libre, errant sur la terre ou sur l'onde,

« Je vais, à le sauver m'attachant sans retour,

« Rendre ce tendre époux à ton ardent amour. »

Il parloit, et de Blanche un aimable sourire,

Dont le charme est divin, que l'art ne peut décrire,

A ce vœu qu'il prononce avec grace applaudit ;

On diroit que Thibaut comme elle s'agrandit :

Il range autour de lui tous ses guerriers fidèles ;

Par ses ordres déjà ses forts, ses citadelles,

S'apprêtant aux combats, relèvent leur créneaux ;

Les armes qui dormoient dans ses vieux arsenaux

Favorisent l'ardeur dont sa troupe est remplie;

Elle marche bientôt, croît, et se multiplie;

Tous jurent d'attaquer dans leur camp, sous leurs tours

Ces Belges qu'ils ont vus, pareils à des vautours,

Quand du volcan marin les foudroyants désastres

Ont lancé des Français la flotte jusqu'aux astres,

Dépouiller à l'envi leurs cadavres flottants,

Et déchirer entre eux leurs membres palpitants.

On entend retentir, sortant d'un long silence,

Le bronze du béfroi qui dans l'air se balance,

Et des temples sacrés la cloche en s'agitant

Au tocsin féodal mêle un bruit pénitent;

Les cors et les clairons confondent leurs murmures.

Les fils de la Champagne, à leurs frêles armures

Confiant leur valeur, tous ensemble ont frémi;

Tous, guidés par Thibaut, marchent à l'ennemi,

Et du jeune héros les phalanges altières

Déjà de la Belgique ont touché les frontières.

Voyez-vous les Flamands pénétrés de terreur

Partout, à leur aspect, s'enfuir avec horreur!

A leurs armes bientôt nulle arme ne résiste.

Sur le camp des Flamands Thibaut, à l'improviste,

Fond, et voit son ami chargé d'indignes fers

Brûlant de se venger des maux qu'il a soufferts.

Thibaut, couvert du sang dont sa fureur s'enivre,

S'est élancé vers lui, l'embrasse, le délivre,

Le rend à son épouse, et plus rapide encor,

Vers la France reprend son intrépide essor;

Les Belges, par son glaive ardent comme la foudre;

Sur la route immolés partout mordent la poudre.

Louis est libre enfin; l'ami qui le défend

Dans la France avec lui reparoît triomphant.

A la fille d'Aimar aussitôt qu'on révèle

De Louis délivré l'incroyable nouvelle,

Elle ne retient plus ses transports furieux;

Les larmes du dépit s'échappent de ses yeux;

Et soudain, de son voile à sa fureur en proie,

Ses mains en l'arrachant ont dispersé la soie.

Que ne tient-elle ainsi l'objet de son courroux,

Palpitant sous ses mains, déchiré sous ses coups!

Quoi! dit-elle, Thibaut, quoi! ce monstre parjure

Vient, sauvant son ami, de combler mon injure;

Et moi, moi qui pouvois ensemble les frapper,

Ensemble à mon courroux je les laisse échapper!

Que dis-je? en me hâtant je puis encor peut-être...

Hélas! il n'est plus temps; mais, pour punir un traître,

Reine, et des alliés acceptant les secours,

Je veux à ma fureur donner un libre cours;

Je le veux, je le dois; régnons, et que ma rage

Dans le sang des Français venge un si grand outrage.

Elle dit : mais sa mère ayant suivi ses pas,

Sa mère à ces liens préfère le trépas;

Elle combat l'espoir de cette fille altière;

Cris, menace, fureur, sanglots, larmes, prière

Par elle en ce moment sont prodigués en vain.

Un horrible secret fait palpiter son sein;

Pour le cacher encor se faisant violence,

Elle garde long-temps un pénible silence

Enfin elle s'écrie, en son fougueux transport :
Forme ces nœuds, et moi je vais chercher la mort.

A ces mots elle fuit; et sa fille hautaine,
Brûlant de posséder la grandeur souveraine,
Veut sur l'heure au tyran s'enchaîner sans retour,
Quand par un inconnu, vers le déclin du jour,
Un écrit, dans ses mains remis avec mystère,
Offre ces mots tracés en sanglant caractère :
J'ai commis un forfait qui cause mon trépas,
Je l'avoue; et mon cœur ne te pardonne pas
De m'avoir condamnée à cet aveu funeste.
En épousant le roi, tu commets un inceste;
Il est ton frère. Hélas! je conviens que mon cœur
En son père autrefois reconnut un vainqueur,
Que mon sein t'enfanta fécondé par un crime.
Forcée à déclarer ma flamme illégitime,
Je ne rougirai point désormais devant toi;
Mon trépas te rend libre et t'affranchit de moi;
Toi, respirant l'inceste ensemble et l'adultère,

15

Couverte de mon sang, cours épouser ton frère.

Cet effroyable écrit en vain la fait frémir ;
Interdite elle cherche encor à s'affermir ;
Elle veut qu'on prépare en un saint monastère,
Pour celle qui bientôt va dormir sous la terre,
Et la pompe funèbre et les derniers honneurs.
Dans son cœur étouffant ses profondes terreurs,
Elle-même s'y rend sans suite et sans escorte ;
Déjà du monastère elle a franchi la porte,
Elle entre ; elle aperçoit le formidable deuil,
La croix, et les flambeaux rangés près du cercueil ;
Des ministres sacrés la milice fervente
Entonne de la mort l'hymne qui l'épouvante.

« Il paraîtra ce jour où l'arbitre des rois
« Déploiera dans les airs l'étendard de la croix ;
« Où l'on verra des cieux, sur les mondes en cendre,
« Avec le Dieu vivant l'éternité descendre.
« Partout du firmament s'éteindront les flambeaux :

« Les morts, en secouant la poudre des tombeaux,

«Viendront se présenter devant leur divin juge;

«Et contre sa sentence où trouver un refuge?

« Que répondra le cœur lâche, impur et sans foi,

« Quand le juste sera lui-même plein d'effroi? »

Isabelle à ces mots craint que de son supplice

Pendant l'éternité l'arrêt ne s'accomplisse;

Ses genoux affoiblis commencent à trembler;

Mais quel nouvel effroi vient encor la troubler?

Elle voit les vitraux décorés de peintures

Qui des anges maudits retracent les tortures,

Et se réfléchissant dans le divin pourpris,

En fantômes hideux volent sur les lambris.

C'est peu; se dégageant de ses voiles funèbres

Sa mère lui paraît glisser dans les ténèbres,

Se cacher, se montrer, et du geste, et de l'œil,

L'inviter à la suivre au fond de son cercueil;

Que fera-t-elle? en proie au trouble qui la presse,

Elle veut fuir en vain cette ombre vengeresse,

Qui cherche à l'entraîner au séjour infernal.

Alors, elle aperçoît le divin tribunal

Qu'aux coupables humains ouvre la pénitence,

Où, prévenant d'un Dieu la terrible sentence,

Siège un ministre saint, qui sur le criminel

Fait descendre des cieux le pardon solennel ;

Elle s'y précipite en sa terreur extrême,

Et sa voix implorant la clémence suprême,

Avoue au saint vieillard, à travers des sanglots,

Des soupirs, et des pleurs échappés à longs flots,

L'hymen qui, menaçant de l'unir à son frère,

A plongé le poignard dans le sein de sa mère ;

Elle déclare même, avec confusion,

Que ce frère est le roi de la riche Albion,

Fils du noble Henri, dont la secrète flamme

De sa mère séduite a su captiver l'ame.

Un si grand repentir éclate en ses douleurs,

Que le pieux pontife, attendri par ses pleurs,

Lui promet le pardon du ciel et de la terre,

Si, se réfugiant dans un saint monastère,

Elle veut renoncer au monde pour toujours,

Et consacrer à Dieu le reste de ses jours.
De cet espoir offert la coupable s'empare,
Promet tout, et du prêtre à l'instant se sépare.

Mais le trône bientôt, avec tous ses attraits,
Revient dans son esprit éveiller les regrets.
« Quoi! faut-il renoncer au rang de souveraine,
« Dit-elle, et dépouiller cette implacable haine
« Qui devait sur un monstre assouvir ma fureur?
« Non, de son attentat je punirai l'horreur :
« Ma mère a dans la tombe enfermé le mystère
« Dont un seul prêtre au monde est le dépositaire ;
« Il ne peut le trahir sans trahir son devoir ;
« Un stérile remords n'est plus en mon pouvoir...
« Il faut régner : » Soudain, l'ame déterminée
A former les liens d'un horrible hyménée,
Elle s'apprête au crime, et déjà les rubis
Serpentent sur son cou, flottent sur ses habits.
Déjà Plantagenet, la conduisant en pompe,
Va s'unir à l'objet qui le charme et le trompe,

15.

Tandis que le remords, ainsi qu'un ver rongeur,
Dévore la coupable et s'attache à son cœur.
Son visage pâlit, elle frémit et tremble,
Toute sa force en vain dans son cœur se rassemble.
Plus le moment fatal approche, et plus ses sens
Devant son attentat s'arrêtent frémissants ;
Elle voudroit, trouvant une secrète issue,
Fuir du temple, sans suite, et sans être aperçue.
Et le roi, cependant, pour elle plein d'ardeur,
En son trouble ne voit qu'une aimable pudeur.
Quand le ministre saint a des pieux cantiques
Murmuré quelque temps les paroles mystiques,
Il s'approche du couple, et veut, en ce moment,
Les enchaîner entre eux par un double serment ;
Mais d'un long voile à peine écartant le nuage
Isabelle à ses yeux découvre son visage ;
Il tressaille, il recule, et jette un cri d'horreur ;
Elle-même à son tour, ô surprise ! ô terreur !
Ses yeux ont reconnu le personnage austère
Qu'elle a de ses secrets rendu dépositaire ;

Éperdue, elle tremble et pâlit, en voyant
S'allumer du prélat le courroux foudroyant;
Mais lui, s'armant soudain de son pouvoir suprême:
« Sur vos affreux amours je lance l'anathême;
« Vous êtes-vous flattés que je vous unirois?
« Misérable, réponds, reconnois-tu mes traits? »

A peine a-t-il parlé que des vapeurs funèbres
Dans le parvis profond répandent leurs ténèbres;
L'air a frémi, l'autel a tremblé, les vitraux
Que traversent du ciel les foudroyants carreaux,
De feux éblouissants les voûtes revêtues,
Les piliers, les arceaux, les grilles, les statues,
Resplendissent partout d'éclairs enveloppés;
Les spectateurs ont fui d'épouvante frappés.
Isabelle... Ah! voyez de feux ardents couverte
Sa figure effarée, et sa bouche entr'ouverte,
Ses yeux étincelants, son sein qui bat; « Grand Dieu!
« S'est écrié le roi, pourquoi ce ciel en feu?
« Et toi de ta fureur apprends-moi le mystère;

« Ministre de l'autel, il faut...— Il faut me taire;

« Mais toi qui veux sonder ces prodiges affreux,

« Connois-tu bien l'objet de tes horribles feux?

« Quel es-tu? quel est-il? vois sa mort déjà prête,

« Qui la rend immobile et plane sur sa tête;

« De ses coupables yeux la lumière s'enfuit,

« Ils se roulent plongés dans l'éternelle nuit;

« Observe son délire, et lis sur son visage

« Du trépas qui l'attend le terrible présage.

« —Qu'oses-tu m'annoncer? s'est écrié le roi;

« Ah! c'est toi, malheureux, dont les cris et l'effroi

« Ont pénétré ses sens de trouble et d'épouvante.

« O ciel! est-elle morte? est-elle encore vivante? »

Il parloit, et, les yeux d'un noir bandeau couverts,

Immobiles, sanglants, hideusement ouverts,

La coupable palpite, et gémit, et frissonne,

Et n'aperçoit plus rien de ce qui l'environne.

Déjà même, croyant de son cœur criminel

Confesser les forfaits aux pieds de l'Éternel,

Elle parle tout bas, et découvre la trame

D'un crime qui l'agite et pèse sur son ame.

Elle frissonne et dit : Mon cœur dénaturé

A voulu, j'en conviens, je dirai, j'avouerai...

Ah! cachez-moi ce sang, il m'accuse et murmure,

Il rejaillit sur moi, fermez cette blessure.

Plantagenet, faut-il? ô ciel! comment oser...

Hélas! j'étois sa sœur, et j'allois l'épouser.

A ces aveux succède une entière démence;

Le ministre du ciel implore sa clémence.

Grand Dieu! vois ses remords, qu'ils puissent te calmer;

Par mes vœux suppliants laisse-toi désarmer,

Et, si de ton séjour un crime affreux l'exile,

Qu'en ta miséricorde il lui reste un asile.

Vains souhaits; le tourment dont elle sent l'horreur

La presse, et de ses dents fait grincer la fureur.

Le saint vieillard alors lui dit: « Puisse en votre ame

« Entrer le repentir; puissiez-vous... ah! madame,

« Si vous songez à Dieu, du moins faites-le voir;

« Par un signe à l'instant confirméz cet espoir :

« De son pardon peut-être encore êtes-vous digne ;

« Témoignez…Elle meurt, et n'a point fait de signe.»

FIN DU DIXIÈME CHANT.

CHANT XI.

ARGUMENT.

Philippe se prépare à la guerre contre les alliés.—Il se rend au
monastère de Saint-Denis pour y chercher l'oriflamme, qu'il
confie au chevalier Montigny.—Apparition de Suger, qui prophétise au roi la gloire de sa postérité.—Il le conduit ensuite
dans les caveaux de l'église où sont inhumés ses devanciers.
Philippe interroge les ombres de plusieurs.—Suger le trans-
porte ensuite sur l'une des tours de l'abbaye, où il lui montre
et lui explique le spectacle du ciel. —Le roi se rend à son armée, qu'il rejoint sous les murs de Péronne; il se dispose à
combattre les alliés dans la plaine de Bovine.—Célébration de
la messe.—Sainte Geneviève remplace l'oriflamme par un drapeau céleste.—Philippe dépose sa couronne, qui lui est rendue
par les acclamations de son armée.

CHANT XI.

Au camp des alliés du trépas d'Isabelle
A peine se répand la terrible nouvelle,
On s'étonne, on frémit au récit des horreurs
Qui d'une ame en délire attestent les fureurs.
On sait par quels aveux la coupable elle-même
A déclaré son crime à son heure suprême.
Et déjà pour Thibaut son déplorable amour
Vient d'être divulgué par la voix de Seymour.
Plantagenet, honteux qu'une femme hardie,
Déguisant de son cœur la noire perfidie,
Par un lâche artifice à ce point l'ait trompé,
Rugit comme un lion de sa chaîne échappé;
Il abjure l'amour, et de son ame altière
La fureur des combats s'empare tout entière.

Philippe, ainsi que lui, se prépare aux assauts;

16

Par son ordre assemblés ses fidèles vassaux
Ont déjà déployé l'appareil des batailles.
Les commandants des forts munissent leurs murailles,
On voit, pour les combats, s'équiper à grands frais,
Les comtes, les barons, les seigneurs bannerets.
Des pontifes guerriers décorés d'un panache,
Pour chasuble un haubert, et pour crosse une hache,
S'arment, pendant qu'épris d'un tranquille repos,
Quelques autres prélats bénissent les drapeaux.
Près du héros brilloient Étienne de Sancerre,
Pierre de Courtenay, comte illustre d'Auxerre,
Montmorenci, Thibaut, Garlandes, Mauvoisins,
Eude, à qui prodiguant tous ses brillants raisins,
La Bourgogne soumet son riche territoire,
Sept fois dix mille preux chéris de la victoire,
Et, déployant au loin leurs vaillants bataillons,
Sous les murs de Paris plantent leurs pavillons.

Le souverain qui voit, par ses ordres formée,
S'étaler à ses yeux cette intrépide armée,

Sollicite du ciel la puissante faveur,

Et réclame, à genoux, les bontés du Sauveur.

Par ce divin secours il affermit son ame,

Et songe à s'emparer du fameux oriflamme,

Drapeau qui fut toujours, présageant nos succès,

Le grand palladium de l'empire français.

Aux murs de Saint-Denis s'élève un monastère,

Des cendres de nos rois sombre dépositaire,

Où souvent, dans la nuit, les vents glacés du nord

Mêlent un long murmure aux soupirs de la mort :

C'est là que, d'une main par le ciel affermie,

Le roi, prêt à combattre une ligue ennemie,

Vient lui-même chercher le pieux étendard.

Il le reçoit des mains de l'auguste vieillard

Qui, souverain du lieu, le conduit dans l'enceinte

Que le Très-Haut remplit de sa majesté sainte.

Sur le marbre long-temps le roi reste incliné :

A porter le drapeau par son choix destiné,

Le brave Montigny, devant le peuple en foule,

Des plis de l'étendard qu'en ses mains il déroule
S'enveloppe lui-même et, par ce signe heureux,
A son prince, à la France, à tous les vaillants preux,
Atteste qu'il s'attache au drapeau qu'on lui donne
Autant qu'au vêtement dont son corps s'environne.

Quand cette pompe auguste a satisfait les yeux,
Le pontife sacré qui commande en ces lieux
Et soumet à ses lois le peuple cénobite
Tressaille, palpitant d'une ferveur subite.
Sa taille s'agrandit; ce n'est plus un mortel;
C'est l'apôtre inspiré, c'est l'envoyé du ciel.
Comme un trait lumineux sa crosse pastorale
Rayonne, et sur son front la mitre épiscopale
Étincelle d'un feu dont la divine ardeur
Environne son front d'une vive splendeur.
Viens, reconnois Suger prêt à guider ton zèle,
A-t-il dit; je descends de la voûte éternelle,
Et j'ai su de ce cloître éloigner le prélat
Dont l'image en mes traits reproduit son éclat.

Tu règnes; mais pour toi la terre est un passage
Où, chargé de remplir un funeste message,
Tu viens, à cent périls sur le trône exposé,
Remplir un grand devoir par le ciel imposé.
Émané du très-Haut, cet esprit qui t'anime
Doit remplir ici-bas sa mission sublime;
C'est de soumettre aux lois un peuple généreux,
Non de l'assujettir, mais de le rendre heureux.
Ta bonté, qui toujours tempéra ta puissance,
T'acquit des droits sacrés à sa reconnoissance.
La France gémissoit sous un joug oppresseur;
D'un air libre aujourd'hui respirant la douceur,
Elle ne traîne plus ces chaînes féodales
Que forgèrent les Francs, les Goths et les Vandales.
Tu viens d'en adoucir l'insupportable poids.
Pour éprouver ton cœur, Dieu permet toutefois
Que, menaçant de près tes villes alarmées,
La Belgique en son sein renferme des armées,
Et que tes grands états frémissent du danger
Dont va les investir le farouche étranger:

Mais, si dans le Très-Haut tu mets ta confiance,
Tu sortiras vainqueur de cette lutte immense;
Tes succès laisseront un brillant souvenir :
Ta vertu, comme un phare éclairant l'avenir,
Aux siècles reculés transmettra ta mémoire,
Et sur tes descendants réfléchira ta gloire.
Je vais nommer les rois qui, sortis de ton sang,
Rendront dans tes états leur règne florissant.

Je vois briller d'abord un prince magnanime [1],
Qui rayonne, éclatant d'une vertu sublime;
De Louis et de Blanche il est l'auguste fils :
Ses rebelles vassaux, par d'insolents défis,
Le forcent à combattre une ligue infidèle;
Devenu des chrétiens le plus parfait modèle,
En respectant l'Église, il bornera ses droits,
Sera l'appui du peuple et l'exemple des rois.
Par ce Dieu dont la main sur les grands toujours pèse,
Éprouvé comme l'or plongé dans la fournaise,
Son courage, affrontant et les fers et la mort,

Vers l'opprobre du Christ élèvera son sort.

Un Philippe nouveau foule à ses pieds et brise

Du pontife romain les foudres qu'il méprise.

De la France, après lui, quels seront les malheurs!

J'en détourne mes yeux, et vois, dans Vaucouleurs,

Avant d'exécuter sa mission divine,

S'apprêter au combat une agreste héroïne,

Dont l'audace intrépide.... Elle s'arme, elle part,

Et devant nos drapeaux chasse le léopard.

Fils de Charle, à sa voix, viens, préside aux batailles;

La Trimouille, et Dunois, et La Hire, et Saintrailles,

Émules généreux, secondez sa valeur;

Mais vaincue et captive.... O regret! ô douleur!

J'aperçois des bourreaux, des tourbillons de flamme:

En d'horribles tourments elle exhale son ame,

Et, s'élevant aux cieux, va recevoir le prix

Des glorieux travaux pour la France entrepris.

Charle expire; quel roi ceindra son diadème?

C'est Louis, qui, toujours armé du stratagème,

Ne triomphe des grands que par des trahisons,

Et ne guérit l'état qu'à force de poisons.

Son fils s'élève au trône; et la chevalerie,

Avec ses grands combats, ses tournois, sa féerie,

Des foibles opprimés rétablissant les droits,

Dans ses rangs belliqueux vient admettre les rois.

Pars, jeune conquérant; la riante Italie,

Des dépouilles du monde autrefois embellie,

Sous des arcs de verdure et des tentes de fleurs,

Accueille tes soldats, adopte tes couleurs;

Tu voyages courant de conquête en conquête;

Le chapelet vainqueur éclate sur ta tête;

La victoire partout proclame tes bienfaits.

D'un pontife assassin punissant les forfaits,

Tu fais rouler ton char suivi de tes dix mille,

Au sentier triomphal ou marchoit Paul Émile;

Et Rome, à ton armée ouvrant tous ses chemins,

Pense voir en ses murs entrer ses vieux Romains.

Du douzième Louis le règne moins prospère,

Fera du peuple en lui reconnoître le père.

Et toi, siècle des arts, dont le flambeau naissant
Éclaire de François le règne florissant,
Presse—toi d'éclater, car les fureurs du schisme
Remplaceront bientôt les arts et l'héroïsme.
J'aperçois dans Paris un monstre audacieux,
Qui, se disant armé pour la cause des cieux,
Une croix dans la main, tout couvert de cilices,
Va rassembler partout ses sanglantes milices?
C'est l'ardent fanatisme; il aiguise ses dards,
Et fait, au nom du ciel, bénir tous ses poignards.
O formidable paix! ô déplorables noces!
Le monstre est déchaîné; déjà ses mains féroces
Font retentir l'airain, qui, sonnant le trépas,
Applaudit le carnage et les assassinats.
Quand j'aurois mille voix, je ne pourrois suffire
A nomber les forfaits commis par son délire.
Mais ces maux ont un terme; il vient ce roi si bon
Ce généreux Henri, ce vertueux Bourbon,
A tous les cœurs français rendu par la victoire;
Qui des jeux aux combats, du plaisir à la gloire,

Va, revient tour à tour, en son culte égaré,
Mais pour qui l'honneur pur est le culte sacré.
La foi l'éclaire enfin ; Vérité, tu l'emportes!
Au plus grand de ses rois Paris ouvre ses portes!

Un pontife à son fils vient imposer sa loi ;
Le monarque est ministre, et le ministre est roi.
De tous les grands ligués en vain la fureur gronde.
Ils sont tous écrasés ; leur sang produit la fronde,
Dont Mazarin retient l'essor impétueux.
D'un enfant couronné maître respectueux,
Plus il tombe souvent, et plus son vol s'élève ;
Il meurt; Louis est roi ; le roi saisit son glaive.
Je le vois s'appuyer, en brisant les remparts,
Sur Turenne et Condé, Luxembourg et Villars.
Les fêtes, dans Paris, succèdent aux batailles;
Il triomphe à Norlingue, à Fleurus, à Marsailles,
Asservit le Flamand, l'Ibère et le Germain,
Et trois sceptres conquis sont passés dans sa main.
Que de nombreux vaisseaux, dominateurs des ondes,

Rassemblent à ses pieds le tributs des deux mondes.

Attirés par l'estime, encouragés par l'or,

Sous son règne éclatant les arts prennent l'essor.

Paroissez Bossuets, Racines, et Corneilles;

Poètes, orateurs, enfantez des merveilles.

Quels pompeux monuments à mes yeux enchantés

Les Vitruves français offrent de tous côtés?

Aux marbres animés, aux toiles immortelles,

Nouveaux Parrhasius et nouveaux Praxitèles,

Donnez le mouvement, la vie, et la couleur.

Harpes qui de Sion soupirez la douleur

Chantez du Tout-Puissant les grandeurs infinies;

Et toi, t'environnant de tous ces grands génies

Par qui ton nom vivra dans la postérité,

Louis, marche en triomphe à l'immortalité.

Après ces jours brillants naîtront des jours d'orages.

Pareille à l'Océan qui franchit ses rivages,

La France dans l'Europe élancera ses flots.

L'anarchie, au milieu d'un horrible chaos,

De l'Église et des rois renversera l'empire.

Des états ébranlés ce terrible vampire

Verra tomber enfin ses honneurs avilis,

Et ta race, en régnant, relèvera les lis.

Le monarque, enchanté de voir sa tige illustre

Dans les temps à venir briller d'un nouveau lustre,

Sourit à ce tableau qui flatte son orgueil.

Viens, reçois maintenant les leçons du cercueil,

Dit Suger, et suis-moi dans ces profonds dédales,

Où de tes devanciers les dépouilles royales

Reposent pour jamais dans l'éternelle nuit.

Il s'y plonge à ces mots, et Philippe le suit.

O toi qui, de Milton dictant les chants sublimes,

De l'enfer à ses yeux découvris les abîmes,

Dessinas de Satan les traits audacieux,

Et sur les cieux d'Homère élevas d'autres cieux;

Muse, conduis mes pas dans ces caveaux funèbres,

Du palais de la mort ouvre-moi les ténèbres,

Et permets que mes vers, saintement indiscrets,
Révèlent du néant les terribles secrets.
Accompagnant son guide en ces routes obscures,
Le monarque descend au fond des sépultures.
A peine est-il entré sous les sombres abris
Où des souverains morts reposent les débris :
« Tu vois, dit le prélat, en ce lieu solitaire
« Ce qui reste aux humains des grandeurs de la terre.
« Les enfants de Clovis dont l'essaim fainéant
« N'a fait dans ces tombeaux que changer de néant,
« Ainsi que sur le trône, ici couchés sans gloire,
« Vivoient et ne sont plus ; c'est toute leur histoire. »

Le monarque s'indigne à l'aspect de ces rois
Qui de leur rang suprème ont méconnu les droits,
Quand il voit tout à coup deux ombres malheureuses,
Tristes, et parcourant ces voûtes ténébreuses,
Comme les alcyons qui rasent les écueils,
Des monarques éteints effleurer les cercueils.
Leur murmure est pareil aux sons mélancoliques

17

Du vent qui roule au fond des vieilles basiliques;

Leurs yeux sont obscurcis et noyés dans les pleurs,

Philippe veut savoir la cause des douleurs

Qui sur leurs traits pâlis forment un voile sombre.

« Cette ombre que tu vois, lui dit la plus jeune ombre,

« Est Childéric, et moi, je suis Bazine. Un jour [5],

« Banni de ses états, il parut dans ma cour,

« En réclamant pour lui l'hospitalité sainte.

« Mon époux l'accueillit. Oh! de quel trouble atteinte,

« Je vis sa beauté fière et sa noble candeur!

« Mais, soumise aux devoirs d'une austère pudeur,

« Je craignois peu l'Amour et son charme angélique.

« Instruite à respecter le culte évangélique,

« Je méditois ses lois, quand m'abordant un soir,

« Celui que vous voyez à mes pieds vint s'asseoir:

« Une Bible en ses mains offroit ce doux cantique

« Où le roi Salomon, sous l'arbre aromatique,

« A la beauté qu'il aime exprima son amour.

« Les ombres de la nuit luttoient contre le jour;

« Nous étions seuls ; l'écrit dont la sainte lecture

« D'une mystique ardeur nous offroit la peinture

« Sembloit nous révéler les voluptés des cieux ;

« Vers des yeux adorés j'osai tourner mes yeux ;

« Je n'en pus soutenir l'ardeur étincelante ;

« Une tremblante main pressoit ma main tremblante,

« Et sembloit implorer ou la vie ou la mort ;

« Quand je lus ce verset qui décida mon sort :

« Que les baisers sont doux quand c'est toi qui les cueilles,

« Et lorsque sur mon lit la rose ouvrant ses feuilles,

« La rose, dont l'odeur m'embaume nuit et jour,

« Avec toi m'enveloppe en des parfums d'amour ;

« Celui que j'aime alors, dans l'ardeur qui l'enivre...

« Il étoit à mes pieds... J'oubliai le saint livre,

« Et, durant tout le jour, de mon amant épris,

« Mes yeux ne virent plus les célestes écrits. »

A ces mots, s'échappant, ainsi que deux colombes,

Ces deux ames, de front, voltigent sur les tombes.

Leur peine est terminée enfin, et l'Éternel

Les reçoit, dit Suger, en son sein paternel.

Que ne peut-il de même adoucir sa justice

Pour leur fils, tourmenté d'un plus cruel supplice.

« Eh quoi! dit le héros, quoi! ce fameux Clovis

« N'habiteroit-il point les célestes parvis?

« —Lui, mon fils, habiter les palais de lumière,

« Ce barbare assassin de sa famille entière!

« Comment pourroit s'offrir au père des humains

« Celui qui dans leur sang trempa toujours ses mains?

« Tu ne sais pas combien Dieu se montre sévère

« Pour ces monstres parés d'un titre qu'on révère,

« Pour ces rois meurtriers, ces augustes bourreaux. »

Il dit, et tout à coup roulant vers le héros

Un tourbillon s'ouvrit, tout prêt à se dissoudre,

Où l'ame de Clovis, comme un trait de la foudre,

Parut et disparut pleine d'un sombre effroi,

En murmurant ces mots : Chrétiens, priez pour moi.

Mais quels spectres nouveaux élancés de la terre,

S'approchant du héros...C'est l'horrible Clotaire,

L'horrible Frédégonde et ces rois criminels

Condamnés à souffrir des tourments éternels.

Leurs traits durs, où du crime on voit encor la trace,

Où le trépas respire, où la pâleur menace,

Leur immobile aspect, leurs yeux étincelants,

Leur teint livide, affreux, et leurs cheveux sanglants,

Font tressaillir le roi, qui, glacé d'épouvante...

Le ciel n'a pas permis qu'une bouche vivante

Révélât aux humains les secrets du trépas.

Philippe les connut, et ne les trahit pas.

Ayant repris ses sens et rassuré sa vue,

Que vient de révolter cette scène imprévue,

Il voit l'astre des nuits qui, de ses rayons purs

Traversant du caveau les soupiraux obscurs,

Éclaire doucement, et de ses feux argente

De vingt spectres légers l'image voltigeante.

Il aperçoit alors un auguste vieillard

Qui s'élève entouré d'un voile de brouillard.

Un globe d'or emplit sa main démesurée;

Dans l'autre luit d'un fer la splendeur azurée.

17.

Philippe reconnoît le vainqueur des Germains [4],

Charles, cet empereur, le plus grand des humains.

Ses barons l'entouroient de leurs ombres légères,

Comme on voit s'assembler ces vapeurs passagères

Que la lune revêt d'un jour mystérieux.

A l'aspect du héros qui se montre à ses yeux :

« O Charles, dit le roi, que ne peut ton audace

« Préserver les Français du sort qui les menace !

« Je t'offrirois mon sceptre, heureux si, le prenant,

« Tu m'accordois l'honneur d'être ton lieutenant.

« Mais dans l'art de régner, qu'a possédé ton ame,

« Pardonne si l'ardeur du zèle qui m'enflamme

« Désire pénétrer tes augustes secrets ;

« Dis-moi comment tes soins ont dégrossi les traits

« De cette Gaule encore ignorante et féroce,

« Quand tes puissantes mains en firent un colosse

« Immense, et rayonnant de gloire et de splendeur.

« J'ai sur la loi, mon fils, établi sa grandeur ;

« J'ai voulu que la loi, par l'état consentie,

« Par moi constituée , et par moi garantie

« Des pièges d'un pouvoir sans justice et sans foi,

« Se plaçât sur le trône entre mon peuple et moi.

« Accueillant les talents, remportant les victoires,

« J'obtins tous les succès, j'unis toutes les gloires ;

« Au pontife de Rome accordant mon soutien,

« J'étendis son pouvoir, pour qu'il servît le mien ;

« Un pacte salutaire unit l'autel au trône ;

« L'héritier des Césars à celui de Barjone

« Dit : Régnons l'un par l'autre, et je vis l'encensoir

« Fumer au pied du trône où je courus m'asseoir.

« Ainsi ma politique , étendue et profonde,

« M'associa le ciel pour subjuguer le monde ,

« Mais j'étendis trop loin mon téméraire effort,

« Et, poursuivis par moi, les barbares du Nord

« Battus, mais s'adossant aux bornes de la terre ,

« Pour résister au poids de mon injuste guerre,

« Soutinrent mes assauts sans se laisser dompter ;

« Mon immense pouvoir ne put les surmonter :

« Je mourus, et bientôt, après moi, leur furie

« Réagit sur la France, et vengea leur patrie. »

Le fantôme à ces mots disparut; et le roi

En sa place ne vit qu'un spectre plein d'effroi,

Qui, sombre, et se cachant loin des ombres célèbres,

Se couvrit d'un manteau, dont les larges ténèbres

Enveloppoient son front de gloire dépouillé,

Et de fange et de sang hideusement souillé.

Philippe soupçonnant, à ce funeste signe,

Que du plus grand des rois il voit le fils indigne;

« Viens, approche, dit-il à cet infortuné;

« D'où vient que tu gémis vers la terre incliné?

« Quoi! serois-tu, dis-moi, ce prince débonnaire,

« Ce fils de Charlemagne, armé de son tonnerre,

« Qui s'éteignit si tôt dans tes débiles mains?

« Comment as-tu perdu l'empire des humains?

« —C'est, dit l'ombre, en croyant ces coupables ministres,

« Qui sont des foibles rois les confidents sinistres;

« Leurs conseils égarant mes esprits aveuglés,

« J'ai dissous les états par mon père assemblés:

« Avec eux disparut la force du royaume.

« Je perdois le pouvoir, j'en saisis le fantôme,

« Et je livrai l'empire au caprice des grands,

« Qui, régnant sous mon nom, devinrent mes tyrans.

« C'est peu ; de Charlemagne ayant reçu sa foudre,

« L'Église s'en servit pour me réduire en poudre ;

« Et lorsqu'il habitoit le séjour lumineux,

« Le cordon pénitent me serroit dans ses nœuds.

« Ma vie entière, hélas ! devint un long supplice ;

« La sienne un long triomphe : endossant le cilice,

« Par mes derniers sujets je me vis dédaigner :

« Je n'ai su que gémir ; mon père a su régner. »

L'ombre, à ces mots, s'enfuit sous une sombre voûte.

Le pontife au monarque ouvre alors une route

Qui mène en des caveaux où s'offrent à ses yeux

Six rois qu'éclaire à peine un jour mystérieux :

Leurs simulacres vains sur leurs tombes antiques

Debout, enveloppés de vêtements gothiques,

Leurs traits, que de la mort paroît glacer l'horreur,

Pénètrent de respect, et frappent de terreur :
Ils semblent, dans l'effroi dont leur mort est suivie,
Méditer le néant des choses de la vie.

« Voilà ce fier Capet ceint du bandeau royal,
« Dit le prélat; voilà son sceptre féodal;
« Voilà Henri Robert, et le premier Philippe,
« Louis, qui fit aux rois adopter le principe
« D'une liberté sage accordée aux humains,
« Dont le fer enchaînoit les trop serviles mains.
« Voilà ton père, enfin, qui m'a livré les rênes
« De l'empire soumis à ses lois souveraines.
« Sur un trône avili qu'eût-il été sans moi?
« Par mes avis prudents, j'en ai su faire un roi.

Suger ainsi parloit, lorsqu'en ces lieux funèbres
Le héros a cru voir glisser dans les ténèbres...
Que dis-je? il reconnoît...C'est elle; ô doux transport!
Agnès... Voilà ses traits, sa démarche, son port.
« Se peut-il qu'à mes yeux la tombe te renvoie,

« Dit-il, et qu'en ces lieux encor je te revoie ?

« Mais, réponds, dans tes traits pourquoi cette douleur,

« Et ces yeux sans regard, et ce front sans couleur ?

« Et pourquoi ce rayon qui d'une lampe émane

« Brille-t-il au travers de ton corps diaphane ? »

Il parle, et pour l'atteindre alors son bras s'étend.

Son cœur, entre l'espoir et la crainte flottant,

Doute s'il voit Agnès auprès de lui placée.

Est-ce elle qui respire ? est-ce une ombre glacée ?

Sa voix semble mourir ; tel on entend souvent

Se perdre au fond des bois le murmure du vent.

Bientôt, en s'éloignant, le simulacre sombre

S'efface par degrés, et disparoît dans l'ombre.

Que devient le héros ? pâle, interdit, troublé,

Sous le poids du malheur il succombe accablé.

Mais le ministre saint l'exhorte et le ranime,

Et la force renaît dans son cœur magnanime.

« Ton ame, abandonnant la lumière du jour [5],

« Remontera, dit-il, au céleste séjour ;

« Elle n'est ici–bas, dans sa course légère,

« Qu'une ombre qui voyage en auguste étrangère ;

« Pour retrouver son rang dans les plaines du ciel,

« Où tu dois t'enivrer du bonheur éternel.

« C'est Dieu qu'il faut aimer, c'est à Dieu qu'il faut plain

« Viens, et, pour mériter son appui tutélaire,

« Suis-moi. » Suger alors s'élève sur la tour

Du temple, où, dominant tous les champs d'alentour,

Le héros aperçoit une voûte étoilée,

Qui réfléchit des cieux la majesté voilée.

Il poursuit en ces mots : « Lève tes yeux, et voi

« Ce grand dôme azuré qui s'arrondit sur toi.

« Le tombeau t'a montré les regrets, la souffrance,

« Il est temps que le ciel te montre l'espérance ;

« Car la vie est au ciel, où Dieu t'offre le prix

« Des pénibles travaux pour lui plaire entrepris.

« Je n'ai pu dénombrer tous ces milliers d'étoiles

« Qui de la nuit partout illuminent les voiles.

« C'est un cercle éternel, un abîme sans fond,

« Où l'esprit égaré se trouble et se confond ;

« J'avançois effrayé, dans ma carrière immense ;

« Je la croyois finie, à peine elle commence.

« Vainement aux soleils je demande leur roi ;

« Plus j'avance vers lui, plus il fuit loin de moi.

« Astres disséminés dans la nature entière ,

« Des champs de l'infini seriez-vous la poussière ?

« M'écriai-je ; grand Dieu ! quels mondes par milliers

« S'assemblent sous mes yeux ? ciel ! où sont les piliers

« Qui portent les arceaux de tes voûtes profondes ?

« Quel pivot sans fléchir soutient le poids des mondes ?

« Quel pouvoir infini fait briller dans les airs

« Ces géants aux crins d'or, aux écharpes d'éclairs ?

« C'est le Dieu tout-puissant qui des maux nous délivre,

« Qui de cet univers a fait un vaste livre ,

« Où ses doigts immortels ont , en lettres de feu ,

« Gravé partout l'empreinte et le pouvoir d'un Dieu.

« —J'admire, ainsi que vous, ces sublimes spectacles,

« Dit le roi ; mais quand Dieu, prodiguant ses miracles,

« Instruisoit les humains accourus à sa voix,

« Et forçoit la nature à suspendre ses lois,

« L'auguste vérité dans nos champs descendue,

« En parlant à nos sens, étoit mieux entendue

« Qu'en nos jours, où des cieux l'éclatante splendeur

« Seule du Tout–Puissant révèle la grandeur.

« Ses prodiges, frappant nos yeux et nos oreilles,

« De ses lois dans nos cœurs gravoient mieux les merveilles.

« — Ses prodiges ! eh quoi, le prodige des cieux,

« Vainement, dit Suger, s'offre-t-il à vos yeux ?

« Dieu, s'il vouloit troubler les lois de la nature,

« Et du vieil univers ébranler la structure ,

« Seroit-il plus puissant qu'il ne l'est par ces lois

« Qui des astres soumis règlent tous les emplois ?

« L'ordre est-il moins frappant que le désordre extrême

« Lorsqu'au front des soleils tressant leur diadême,

« Le Très–Haut les lança dans leur pompeux séjour,

« Fut-il donc moins puissant qu'en ce terrible jour

« Où la terre , livrée à son suprême juge,

« S'engloutit tout entière en un vaste déluge?

« Le miracle d'un jour est-il plus solennel

« Que la pompe des cieux , ce miracle éternel ?

« Le grand Être, aux humains voilé par sa distance,

« Leur a par l'univers juré son existence ;

« Peuvent-ils échapper aux anneaux radieux

« De cette chaîne d'or qui les attache aux cieux?

« Toi, tandis que l'impie, en son délire étrange,

« Se plaît dans sa bassesse , et jouit dans sa fange,

« Viens, prenant ton essor au-delà des soleils,

« Entre, par la pensée, en ces palais vermeils,

« Où les anges, soumis au souverain du monde,

« Sans cesse vont puiser dans sa source féconde

« Ce feu générateur, qu'en leur agile essor

« Ils répandent partout, quand, de leurs urnes d'or,

« Aux êtres altérés de la clarté première

« Ils versent en torrent la vie et la lumière.

« Combien d'autres encore, avec fidélité,

« Du roi de l'univers surveillent la cité !

« Je les ai vus soumis au premier des archanges,

« Qui distingue leurs rangs et conduit leurs phalanges :

« Le rubis ceint leur casque ; en leurs yeux pleins d'ardeur

« Luit du céleste azur l'éclat et la splendeur.

« Ils attendent le jour où l'impie et le juste

« Verront Dieu dans les airs poser son trône auguste.

« Car les cieux, aplanis dans ce jour solennel,

« Livreront un passage au fils de l'Éternel.

« Il paroîtra brillant d'une splendeur divine ;

« La nuit devant ses pas de ses feux s'illumine.

« Il vient ; de quel éclat sa face resplendit ;

« L'or d'un soleil ardent sous ses pieds s'arrondit.

« Le courroux de son père en ses regards s'allume ;

« Il tient dans une main le céleste volume

« Que remplit la science, et dans l'autre, ce fer

« Qui va plonger l'impie au gouffre de l'enfer,

« J'entends déjà sonner la terrible trompette,

«Que des cieux foudroyants l'écho profond répète.

« Tous les morts éveillés s'échappent des tombeaux ;

«Tous les astres ensemble éteignent leurs flambeaux ;

« Le temps fuit, et des cieux disparoît comme un rêve.

«Héritière du temps, l'Éternité se lève :

«—Silence ; le Très-Haut va rendre ses arrêts ;

« Déjà les prix divins et les tourments sont prêts.

« Réprouvés, subissez la peine de vos crimes ;

« Dans les flammes plongés, roulés dans les abîmes,

« Pleurez les cieux perdus ! Immortel séraphin,

« Aux élus fortunés chante l'hymne sans fin :

« Tandis qu'en se heurtant se renversent et roulent

«Sur les mondes brisés les mondes qui s'écroulent,

« Que dis-je ? en ce moment tout s'est anéanti ;

« Je vois, sur l'univers dans l'abîme englouti,

«Régner l'immensité des eaux universelles,

« Et de l'antique nuit les ombres éternelles ;

«Pas un être vivant ; tout est muet, glacé ;

« Le chaos recommence, et le monde a cessé. »

18.

« Je t'ai montré les biens que le Très-Haut dispense

« Aux humains dont le ciel devient la récompense.

« Remplis les grands devoirs qui te sont imposés;

« Les prix à la vertu par ton Dieu proposés

« T'attendent loin du monde, aux célestes demeures:

« Ton ame y reverra l'épouse que tu pleures,

« Qui te chérit en Dieu, qui t'attend dans le ciel,

« Pour se croire au séjour du bonheur éternel.

« Déjà l'aurore naît et le ciel se colore;

« Toi de l'éternité quand la terrible aurore

« Se lèvera pour toi, sois prêt; songe à ton Dieu,

« A mes sages conseils, à ton salut: Adieu. »

Il dit, et fuit les yeux du roi, qui le contemple.

Le roi, demeuré seul, revient dans le saint temple,

Où Montigny bientôt se montre à son regard,

Et du Vexin dans l'air fait flotter l'étendard.

Il rejoint ses guerriers, part, vole, et de la France,

Avec cet oriflamme, emporte l'espérance.

On a vu s'élancer l'astre qui dans les airs

Luit, s'élève, et, traçant de rapides éclairs,

Illumine les nuits d'un noir crêpe voilées,

Et va s'unir au chœur des sphères étoilées ;

Tel, plus éblouissant et plus agile encor,

Dans les champs belliqueux ayant pris son essor,

Le roi joint ses soldats sous les murs de Péronne,

Où de ses chevaliers l'élite l'environne.

Là ses fiers bataillons dans une plaine épars

De Tournay non loin d'eux découvrent les remparts.

Du monarque français là le vol se repose :

Il veut que son armée aux combats se dispose.

Déjà de ses courriers les yeux explorateurs

Ont vu les ennemis occuper des hauteurs ;

Ils ont vu près des murs de Mortagne alarmée

Planer sur des coteaux leur innombrable armée.

Elle couvre les monts, disent-ils, et jamais

On ne peut la forcer sur ces âpres sommets.

Le roi, qui dans ces lieux croit la ligue invincible,

Pour lui faire quitter ce poste inaccessible,

Feint de prendre la fuite, et ses fiers bataillons

Courent dans le Hainaut planter leurs pavillons.

Cependant, abusé par la vaine apparence,
Le prince des Germains redouble d'assurance :
Il poursuit les Français ; Philippe en est instruit,
Prêt à franchir un pont sur des piles construit,
Philippe et son armée, aux plaines de Bovines,
Voit l'ennemi remplir les campagnes voisines.

C'étoit le jour pieux qu'une ardente ferveur
Consacre au saint repos prescrit par le Seigneur.
Déjà des bataillons la première phalange,
Ayant franchi le fleuve, à l'autre bord se range.
L'oriflamme à l'instant retourne sur ses pas,
Et Philippe revient dans le champ des combats.
Soudain tous les clairons, organes de la guerre,
Retentissent ensemble, et font trembler la terre.
Ils semblent, frémissant d'un belliqueux transport,
Présager des Germains la défaite et la mort.
Sur un coursier fougueux le monarque s'élance,

Portant un casque d'or, et brandissant sa lance :

Aux ennemis frappés il apparoît.... C'est lui ;

Son armure à leurs yeux comme la foudre a lui.

Le plus hardi d'entre eux à son aspect frissonne :

Othon, le fier Othon, lui—même s'en étonne.

Ainsi, lorsque le pâtre, au milieu de son champ,

Poursuit d'un bois noueux, ou d'un acier tranchant,

Le serpent qui s'enfuit vers son roc tutélaire ;

Si, tout à coup, gonflé d'orgueil et de colère,

Le terrible animal, avec ses yeux ardents,

Et son dard venimeux, et ses terribles dents,

Revient sur le pasteur, et fait briller sa crête :

Devant son fier courroux l'homme étonné s'arrête,

S'efforce vainement de cacher sa terreur,

Et, loin de menacer, recule avec horreur.

Ainsi, lorsque Philippe à l'empereur s'oppose,

Ce dernier, non sans trouble, aux combats se dispose.

Philippe cependant au ciel même a recours,

Et veut de l'Éternel implorer les secours.

Marchez, et dans la plaine étendez vos phalanges;

Prêtres saints, invoquez le souverain des anges.

Un autel est dressé; des cantiques pieux,

Dans l'air, autour de lui, s'élèvent jusqu'aux cieux.

L'Évangile sacré, le divin tabernacle,

Déjà du Dieu fait homme attendent le miracle.

L'oriflamme à l'autel unit ses nobles fleurs,

Où l'or au lis royal a prêté ses couleurs.

Un pontife, au Très-Haut offrant son ministère,

Du signe des chrétiens marque son front austère;

De ses fautes, bientôt, son cœur s'est repenti,

Sa poitrine frappée a trois fois retenti :

Puis en un chant rempli de sa ferveur extrême,

Quand il a rendu gloire au monarque suprême,

Il invite le ciel à le purifier,

Ainsi que d'Isaïe, au céleste brasier,

Un archange épura les lèvres prophétiques.

Il entonne bientôt le plus saint des cantiques,

L'Évangile qu'au monde a transmis l'Éternel;

Dit qu'il croit en un Dieu, principe universel,

Dieu procédant d'un Dieu, lumière de lumière,
De la terre et du ciel source immense et première,
Qui pour l'homme expira, qui pour lui, de nouveau,
Ranimant ses débris, s'élança du tombeau.

Mais à peine sa voix consacre le mystère
Où le suprême Auteur du ciel et de la terre
Daigne, se dépouillant d'un éclat immortel,
Dans un pain consacré descendre sur l'autel,
Tous les astres émus frémissent, le ciel tremble,
Les brûlants séraphins s'inclinent tous ensemble,
Tandis qu'étincelant sur le trône des airs,
Le Très-Haut apparoît au milieu des éclairs,
Où sa splendeur éclate, où sa foudre elle-même
Trace, en lettres de feu, sa volonté suprême.
C'est sur vous qu'à l'instant s'est arrêté son choix,
Geneviève, partez; exécutez ses lois :
Remplacez, dans un jour qui peut être funeste,
Le drapeau des Français par un drapeau céleste
Qui, des confédérés punissant l'attentat,

Va protéger Philippe, et défendre l'État.

La bergère obéit; un ange étend ses ailes,

Et la guide au dépôt des armes immortelles.

Bientôt elle pénètre en ces grands arsenaux,

Et voit des boucliers, qu'aux monstres infernaux

Opposèrent jadis tous ces milliers d'archanges

Dont l'orgueilleux Satan combattit les phalanges.

De ses guerriers vaincus les glaives et les chars,

Là sèment leurs débris confusément épars,

Monuments de leur fuite et de ces grands désastres

Qui dans leur chute immense ont entraîné les astres;

Là, resplendit aussi le char éblouissant,

Où, terrible, apparut le fils du Tout-Puissant,

Quand son bras dans l'horreur des ombres éternelles

Plongea des réprouvés les troupes criminelles.

Quatre animaux légers, de la rébellion

Vengeurs étincelants, homme, aigle, ange, et lion,

Portent ce char superbe, où la foudre se joue,

Anime et fait rouler une quadruple roue.

L'esprit du Dieu vivant les embrase, et des yeux
Y répandent partout leur éclat radieux.
La vierge y voit du Christ les armes rayonnantes,
Son carquois étoilé, ses flèches fulminantes,
Qui toutes, ô prodige! ayant su le venger,
D'elles-même, en leur place, ont couru se ranger.
Plus loin brille le fer dont l'ange des armées
Agita la splendeur en ses mains enflammées,
Quand de Sennabéric les soldats, en fuyant,
Périrent immolés par son bras foudroyant.
Plus formidable encore là repose un grand vase
Où le Très-Haut versa le courroux qui l'embrase;
Et ces clairons bruyants dont la voix, dans les airs,
Doit proclamer un jour la fin de l'univers,
Lorsque le Roi du ciel, de la terre, et des ondes,
Apparoîtra debout sur les débris des mondes.

Geneviève s'arrête; elle admire un instant
Des ouvrages divins l'appareil éclatant,
Voit le drapeau céleste, et sa main s'en empare;

19

Au pur éclat des lis dont il brille et se pare,

Son œil l'a reconnu : soudain, du haut des cieux,

Précipitant son vol vers les terrestres lieux,

Loin des nombreux soleils, et des sphères divines,

Elle atteint notre globe; et bientôt, dans Bovines,

Découvre les Français dont les rangs déployés

Menacent les Germains et leurs fiers alliés.

Là, voyant de l'autel le pompeux édifice

Où le prêtre achevoit le divin sacrifice,

Elle y place du ciel le drapeau précieux,

Enlève l'oriflamme, et disparoît aux yeux.

Que vois-je? un feu nouveau m'agite et me possède!

Au divin sacrifice ô! quel tableau succède!

Au lieu du prêtre saint, du ministre sacré

Dont la voix au Très-Haut offre un culte épuré,

C'est Philippe élevant un front qui se couronne

Des rayons belliqueux dont l'éclat l'environne.

Louis, Blanche et la reine, égales en beauté,

Tout l'espoir de sa race étoit à son côté.

C'est dans cet appareil que, d'une voix altière,
Le monarque s'adresse à son armée entière :

« O vous, de mon empire et l'orgueil et l'honneur,
« Compagnons, vous deviez au culte du Seigneur
« Consacrer ce grand jour, que sa faveur nous donne ;
« Mais, le sort, malgré vous, autrement en ordonne.
« L'ennemi nous attaque, et nous le combattrons :
« Il prétend nous détruire ; et nous le détruirons.
« Songez que dans les cieux le Très-Haut nous contemple ;
« De son grand Machabée imitons tous l'exemple :
« Dieu lui-même a permis que le jour du sabat
« Pour ce héros pieux fût le jour du combat.
« Que la ligue orgueilleuse apprenne à nous connoître !
« L'orage que ces rois dans nos champs ont fait naître,
« Déjà, comme un déluge, autrefois est tombé
« Sur nos braves aïeux, qui n'ont pas succombé ;
« Et si la France, alors indolente, énervée,
« De sa destruction fut par eux préservée,
« Maintenant à son bras quels exploits sont promis,

« Quand, ruisselante encor du sang des ennemis,

« Et par ses longs efforts faisant tête à l'orage,

« Elle a, dans ses dangers, retrempé son courage.

« Vous êtes ces Français, dont l'intrépide effort,

« Prit Falaise, Lizieux, Saint-Michel et Montfort;

« Dont l'audace a conquis la Neustrie et le Maine,

« Affranchi la Saintonge et soumis l'Aquitaine.

« Je ne vous parle point du trône et de ses droits :

« C'est pour les nations que sont créés les rois;

« Mes drapeaux m'ont toujours conduit à la victoire,

« Ma couronne sur vous réfléchissant sa gloire

« M'avertit des devoirs qui me sont imposés :

« Je la porte, Français; mais vous en disposez. »

A ces mots, de son front détachant sa couronne,

A tous ses bataillons déployés en colonne

Il la présente, et dit : « Français, elle est à vous;

« C'est à vous désormais à la défendre tous.

« Soyez rois, maintenant, soyez-le tous ensemble;

« Puisque du sceptre en vous le pouvoir se rassemble,

« Que sans vous il n'est rien, prenez, je vous le rends;

« Et, s'il est un mortel qui, placé dans vos rangs,

« Mérite plus que moi la suprême puissance,

« Je romps tous les liens de votre obéissance ;

« Qu'il soit de votre sort et l'arbitre et l'appui :

« Je descends de mon trône, et je combats sous lui. »

Ces mots, ces derniers mots, dans nos fastes célèbres,

Et qui, de cinq cents ans traversant les ténèbres,

Ont pris vers l'avenir un si brillant essor,

Et dans les cœurs français retentissent encor,

A peine ont résonné, qu'à leurs accents répondent

Toutes ses légions, dont les cris se confondent.

Régnez ! Ah ! pour jamais, régnez, régnez sur nous :

Nous combattrons, vaincrons, ou périrons pour vous.

Eh bien ! dit le héros, si d'une gloire insigne

Trente ans d'heureux succès ont pu me rendre digne ;

Si jamais l'ennemi ne m'a vu sans effroi,

Français, sauvez la France, et suivez votre roi.

Vous n'éprouverez point de fortunes contraires ;

Vous êtes mes amis, mes compagnons, mes frères,

Et les regrets tardifs poursuivront sans retour
Tous ceux qui n'auront point pris part à ce grand jour;
A ce jour, dont la gloire en merveilles féconde,
Va placer les Français au premier rang du monde.

De ces mots inspirés le suprême ascendant
Remplit tous les soldats d'un feu subit, ardent.
Plus de retardements; vains délais, craintes vaines,
Fuyez: un nouveau sang bouillonne dans leurs veines.
Les uns du souverain baisent les vêtements;
D'autres, précipités dans leurs embrassements,
Ressemblent aux chrétiens dont le pieux délire
S'apprête à moissonner la palme du martyre.
Ce pacte solennel que l'amour et la foi
Viennent de cimenter entre un peuple et son roi;
Ces ames qui, de gloire et d'ardeur enflammées,
S'unissent devant Dieu, le grand Dieu des armées;
Ah! pour de tels effets mes vers sont impuissants,
Et mon luth affoibli cherche en vain des accents.
Parle, au lieu du poète, amour de la patrie;

Peins ce monarque, objet de son idolâtrie ;

Montre tous ces guerriers, dans leur sainte ferveur,

D'être bénis par lui réclamant la faveur,

L'implorant à genoux, tandis que ce roi juste,

Exerçant de l'honneur le sacerdoce auguste,

Fait descendre sur eux, d'un accent solennel,

Les bénédictions et du trône et du ciel.

C'est peu : le saint drapeau, sur l'armée en extase,

Tout à coup au soleil se déroule et s'embrase :

Sa lumière éclairant le héros citoyen,

Réfléchit dans ses traits un charme aérien,

Je ne sais quoi du ciel et de l'Être suprême,

Dont jamais n'approcha l'éclat du diadème ;

Tandis que de ses plis, agités dans les airs,

Il verse abondamment sur tous les rang divers

Le mépris de la mort, l'audace magnanime,

L'enthousiasme ardent, le dévouement sublime,

L'honneur chevaleresque à son comble porté,

Et l'attrait enivrant de l'immortalité.

FIN DU ONZIÈME CHANT.

CHANT XII.

ARGUMENT.

Philippe range son armée en bataille, et harangue ses soldats.—
L'empereur exhorte également les troupes qu'il commande.—
L'engagement des deux armées commence par l'aile gauche des
Français; les milices de Soissons attaquent l'ennemi, sont repoussées par les Flamands et appuyées par le comte Saint-Pol,
qui tue deux chefs ennemis et enveloppe l'armée des Belges;
Ferdinand, après une vive résistance, est réduit à se rendre
prisonnier.—L'évêque de Beauvais fait un grand carnage des
Anglais, et blesse gravement le comte de Salsbéry.—Montmorenci commande le centre de l'armée; peinture de ses hauts
faits d'armes; il s'engage imprudemment dans l'armée ennemie, se fait jour à travers leurs bataillons, et meurt des suites
de ses blessures.—Boulogne renverse les légions champenoises
et bourguignones, fait un carnage affreux de la noblesse française, et pénètre jusqu'au roi, que les chevaux des ennemis
foulent à leurs pieds.—Louis blessé est porté dans le camp du
roi, et apprend à la reine le danger de son époux. — Courage
héroïque de Blanche, qui rallie les fuyards.—Boulogne s'empare d'elle, et de toute la famille royale, qu'il livre à la garde
de ses soldats.—Le drapeau divin protège Philippe.—Les armées célestes précipitent Mélusine et les démons dans les enfers.—Philippe, sauvé de la mort, rallie ses troupes et poursuit les ennemis.—Étrange apparition de Montmorenci qui
les remplit de terreur.—Othon prend la fuite.—Déroute entière de son armée; la famille royale est délivrée.—Philippe
tue Boulogne. — Apparition du drapeau céleste qui remonte
dans les cieux.

CHANT XII.

J'APPROCHE enfin du terme où doit finir ma course;
Et comme un voyageur, sous les glaces de l'Ourse,
Ayant gravi long-temps un mont audacieux
Qui brave la tempête et se perd dans les cieux,
Lorsqu'il est près d'atteindre à ces hauteurs divines,
Voit au loin sous ses pieds s'enfoncer les ravines,
Les nuages ramper, les foudres s'engloutir,
Et d'un ciel azuré tout l'éclat l'investir,
J'ai du vaste sujet dont je touche les cimes
Fécondé les déserts et comblé les abîmes;
La terre disparoît à mon œil étonné;
Je me sens vers le ciel par un charme entraîné;
Un nouveau jour m'éclaire. O ma chère patrie!
O France! objet constant de mon idolâtrie,
Accepte mon ouvrage, il fut dicté par toi :

S'il te plaît, il suffit; c'en est assez pour moi.

T'aimer est un besoin qui dans mon sang fermente.

De tes exploits nombreux long-temps ma lyre amante

Chercha dans le passé quelque grand souvenir;

Pour transmettre ta gloire aux siècles à venir,

De tes illustres faits mon ame poursuivie

Au soin de les chanter a consacré ma vie.

Je rêvois ta grandeur aux lieux où fut Memphis;

La terre de Jessen, conquête de tes fils,

A conseillé l'audace à mes pinceaux timides;

Vous m'avez inspiré, superbes pyramides:

J'ai voulu, comme vous, éterniser mon nom;

Trop heureux, si mon œuvre obtient quelque renom;

Mais si je n'ai cueilli qu'un laurier peu durable,

Puisse au moins de la paix l'olive inaltérable

Déployant ses rameaux, symbole des beaux jours,

Ombrager ma patrie et l'ombrager toujours.

Le monarque français dans ses mains souveraines

A peine de l'empire a ressaisi les rênes,

Qu'il s'apprête à marcher contre ses ennemis.

Voyant les escadrons à ses ordres soumis,

Il les range en bataille, avec la prévoyance

Que donne à son esprit sa longue expérience ;

Il sait, en préparant les combats meurtriers,

Dérober au soleil le front de ses guerriers,

Au front des étrangers opposer sa lumière,

Et se fait de cet astre un grand auxiliaire :

Des nombreux alliés tous les corps différents

Sur un plus grand espace ont déployé leurs rangs.

Maintenant, dans mes vers émules de l'histoire,

Il est temps que ma voix transmette à la mémoire

Les noms de ces héros dont les brillants succès

Ont su nous conserver le beau nom de Français.

L'armée offre à sa gauche un fier et noble guide ;

Du grand Montmorenci c'est l'émule intrépide,

C'est Saint-Pol, comme lui tout couvert de lauriers,

Après Philippe et lui, le plus grand des guerriers.

Ferdinand, que son bras chassa de la Belgique,

Vient affronter encor sa valeur énergique.

Pontife de Beauvais, Dreux, belliqueux prélat,

De l'armet à la mitre associant l'éclat,

Au flanc droit de l'armée avec fierté s'élève;

Jamais en combattant son bras n'agite un glaive;

Il tient une massue en sa terrible main.

De l'Église, abhorrant les flots du sang humain,

Il croit par cette adresse éluder la défense,

Et s'embarrasse peu si le ciel s'en offense.

La peau d'un grand lion le coiffe de ses crins.

Des coursiers belliqueux, luttant contre leurs freins,

Portent les combattants qui, volant sur ses traces,

N'ont, ainsi que leur chef, ni glaives, ni cuirasses.

Au centre de l'armée, Eudes, d'une autre part,

Étend ses bataillons comme un vaste rempart.

Non loin des Bourguignons, Thibaut dans la campagne

Conduit ses légions, filles de la Champagne:

Son jeune front s'élève orné d'un casque d'or

Où reluit un beau cygne essayant son essor,

Sur son écu bordé par cent pierres d'élite,

L'émeraude et l'azur, l'or et la crysolite,

Forment un nœud brillant plein de grace, et pareil

Au nœud qui de sa plaie a fixé l'appareil

Lorsque la main de Blanche en couvrit elle-même

La blessure et les flancs du chevalier qui l'aime.

Tous ses soldats chantoient : de moins bruyants accords

Du Mincio fameux ont fait frémir les bords :

Étienne, en qui Sancerre honore un vaillant comte,

Terrible, et respirant les combats qu'il affronte,

Range sous ses drapeaux dix mille fantassins.

On voyoit, au milieu des belliqueux essaims,

Du monarque français la phalange dorée,

De ce titre par lui constamment honorée ;

C'est Melun, c'est Tristan, c'est Mareuil et Beaumont,

Le brillant Saint-Vallier, l'intrépide Clermont,

Et de Trie, et Destaing, et de Nesle, et de Roie,

Tous ardents, tous armés du glaive qui foudroie.

Là, s'avance Louis à côté de Ponthieu,

Et le fils du héros sourit à son neveu.

Quels sont les bataillons que Desbarres commande?

Des guerriers vétérans c'est la terrible bande

Réserve de l'armée, avec six bataillons

Qui de leur ligne immense ombragent les sillons.

De Compiègne et d'Arras les communes fidèles,

En repassant le pont, ont déployé leurs ailes;

Saint-Pol est à leur tête, et son ardent courroux

Doit sur les ennemis frapper les derniers coups :

C'est à lui que Philippe a départi la gloire

De fixer le premier le vol de la victoire;

L'ardent Montmorenci, par sa tête et son bras,

Doit seconder partout et guider les soldats.

Philippe cependant sur un coursier sans tache,

Vole, et dans tous les rangs où reluit son panache,

La visière levée, offre ses traits amis

A tous ses bataillons par sa voix affermis;

Il dit aux uns : « Voyez ces phalanges débiles,

« Ces guerriers sans audace aux combats inhabiles;

« Contre vos légions quel sera le pouvoir

« D'une troupe timide et lente à se mouvoir ?

« Ils auront le destin de leurs tristes ancêtres,

« Au temps où nos aïeux sont devenus leurs maîtres.

« Leur prince, par la brigue au trône parvenu,

« Ignore ses soldats dont il est inconnu ;

« Et moi, m'environnant de ma troupe choisie,

« Qui m'a suivi partout en Europe, en Asie,

« Moi, votre compagnon, non moins que votre roi,

« Je puis dire à chacun : « Là, tu servois sous moi. »

Porté sur un coursier qui dévore l'espace,

Dans les rangs, à ces mots, comme un éclair il passe ;

Et, tandis que l'armée à son prince applaudit,

Vers sa brillante élite il s'élance et lui dit :

« Les voilà ces Anglais, ces héros dont la Loire

« Naguère a dans ses flots enseveli la gloire,

« Et ces Belges par vous tant de fois désarmés,

« Ces bataillons détruits aussitôt que formés !

20.

« De ces foibles rivaux redoutez-vous l'atteinte ?

« Déjà leur attitude a révélé leur crainte. »

Il dit à d'autres preux en passant dans leurs rangs :

« De vos prochains exploits les premiers sont garants.

« Quoi ! tánt de grands états qu'a subjugués mon glaive,

« Aux yeux des alliés ne seroient-ils qu'un rêve ?

« Écrasez sous vos pieds ces Belges, ces Germains,

« Ces Anglais, que naguère ont terrassés vos mains,

« Ou bientôt, dévorés par le fer et les flammes,

« Vos pères, vos enfants, vos frères et vos femmes,

« Et vous-mêmes, livrés au courroux des vainqueurs...

« Vous frémissez, soldats ; oh ! déjà de vos cœurs

« La belliqueuse audace en vos traits se décèle,

« Et déjà la victoire en vos yeux étincèle. »

C'est ainsi que Philippe enflamme ses guerriers,

Promettant comme lui la gloire et ses lauriers,

Othon parle en ces mots aux belgiques phalanges:

« Vous qui de vos marais enrichissez les fanges

« Par le vol du navire et les tributs de l'or

« Dont sans cesse vos mains cultivent le trésor ;

« Voulez-vous, fatigués du caprice des ondes

« Qui promènent partout vos flottes vagabondes ,

« Acquérir en un jour plus de biens entassés

« Que les dons par vos mains en mille ans amassés ;

« De vos fiers ennemis renversez l'espérance ;

« Abattez avec moi l'idole de la France

« Dont le culte insolent vous a tyrannisés ,

« Et qui vous brisera , si vous ne la brisez ;

« Sauvez votre pays , en triomphant d'un autre ,

« Envahissez son bien , pour conserver le vôtre ,

« Et soyez convaincus enfin que votre sort ,

« Si vous ne triomphez , est l'opprobre et la mort. »

Des Belges à ces mots les voix qui se confondent ,

Par d'immenses clameurs au monarque répondent.

Il les quitte soudain, part, vole, et, sans délais ,

Se montre aux escadrons des valeureux Anglais

Qui forment à ses yeux la gauche de l'armée :

« Voici l'instant si cher à votre ame enflammée

« Par le désir ardent de ressaisir les bords

« Où la France à vos mains livroit tous ses trésors.

« Voulez-vous qu'Albion rattache à son domaine

« L'Aquitaine, l'Anjou, la Neustrie et le Maine,

« Rendez du léopard le drapeau triomphant.

« Eh! comment fuiroit-il! Dieu même le défend.

« Vous êtes les vassaux du pontife suprême

« Qui sur votre île étend son triple diadême.

« Combattez; du Très-Haut déjà l'ange à vos coups

« Livre vos ennemis et marche devant vous.

Il s'éloigne à ces mots, et s'offre à ces phalanges,

De cent peuples divers effroyables mélanges,

Dont les fiers souverains, se courbant sous ses lois,

Pour le nommer leur chef ont réuni leurs voix.

Il leur dit: « Compagnons, c'est votre choix illustre

« Dont mon front couronné reçoit son plus beau lustre,

« Et c'est pour reconnoître un don si glorieux,

« Que j'offre la fortune et la gloire à vos yeux.

« Cette hydre de la France aux cent têtes avides

« Sur l'Europe autrefois roula ses nœuds livides,

« J'attaque dans son fort ce monstre ensanglanté,

« Qui déjà devant moi frémit épouvanté.

« Vos glaives d'un côté, votre audace guerrière,

« Et de l'autre, cette onde, écumante barrière,

« Lui dérobent l'espoir d'échapper à vos coups.

« Comptez ses bataillons, que sont-ils près de vous ?

« Paroissez, et vaincus par leur foiblesse extrême,

« A vos pieds, dans vos fers, ils vont tomber d'eux-mêmes. »

Il dit ; et s'adressant aux fières légions

Que nourrit la Süabe et qu'en leurs régions

Des Teutons belliqueux l'audace a rassemblées :

« Vous, mes troupes d'élite en ces lieux appelées

« Pour fixer la victoire, et par un plein succès

« Soumettre à mes drapeaux tout l'empire français ;

« Vous reviendrez bientôt, au sein de vos murailles,

« Vainqueurs et rapportant du séjour des batailles

« Tous les riches trésors qu'à vos armes soumis

« Vous auront prodigués d'impuissants ennemis ;

« A vos enfants, pour vous désormais sans alarmes,

« Vous redirez vainqueurs la gloire de vos armes. »

Ainsi parlant aux siens l'héritier des Césars

Sur un char magnifique attiroit les regards.

On voyoit sur ce char la France figurée

Par un dragon d'airain, dont la croupe azurée

S'enfloit, et dans ses plis embarrassoit l'essor

De l'aigle germanique au bec, aux ongles d'or.

Dressant sa double tête et rayonnant de joie,

L'aigle s'applaudissoit d'avoir saisi sa proie.

Au front de l'empereur mille pierres de prix

Luisent réfléchissant tous les feux de l'Iris.

En fleurons radieux l'or sur son heaume éclate,

Et de son manteau riche embellit l'écarlate.

Deux cent mille soldats sous le fer et l'airain

Marchent développés devant leur souverain :

Il aime à contempler ces phalanges profondes :

Tel le Gange, au milieu de ses fertiles ondes,

Voit leurs flots se répandre en des champs toujours verts

Que n'a jamais flétris le souffle des hivers.

Les chefs ne parlent plus : soudain la double armée

S'avance fièrement, sur deux lignes formée.

Prêts à s'entre-choquer, quels spectacles nouveaux

Présentent maintenant les deux partis rivaux !

Ces drapeaux belliqueux dont la moire et la soie,

Au gré des aquilons, se roule et se déploie,

De l'or et de l'airain le terrible appareil

Qui frémit, et s'enflamme aux rayons du soleil,

Mille oiseaux figurés sur des casques superbes,

Le rubis, la topaze, et l'émeraude en gerbes,

En guirlandes, en nœuds décorant les colliers,

Les écus, les brassards des nobles chevaliers,

Tous ces riches blasons, ces couleurs, ces devises,

Gages étincelants des nobles entreprises,

Offrent aux yeux charmés l'éclat avant-coureur

Du combat dont bientôt mugira la fureur.

De piques et d'épieux une forêt mouvante

Donne un plaisir mêlé d'horreur et d'épouvante;

L'arc a tendu sa corde et va lancer le trait;

Le cimeterre est nu, l'arbalète en arrêt,

Et déjà, dans la main qui s'arme de la fronde,

Le caillou sur la tête en tournant roule et gronde.
Comme les vastes flots par l'Océan vomis,
Terrible, et déployant tous ses corps ennemis,
Des bataillons germains l'épouvantable armée
Roule immense, et d'ardeur encor plus animée
Celle que de Philippe excitent les clairons,
Moins nombreuse, au combat lance des escadrons
Dont la vue aux Teutons inspire plus d'alarmes;
Un bruit plus belliqueux s'échappe de leurs armes.

Le signal est donné : des buccines, des cors
A peine ont retenti les terribles accords,
Des enfants de Soissons la milice grossière
Dans le champ des combats s'élance la première.
Les Belges font sur eux voler des traits sifflants,
Qui percent leur poitrine et déchirent leurs flancs:
Buridan et Gauthier, chevaliers intrépides,
Commandent les Flamands et sont leurs nobles guides;
La riche dalmatique, où brillent les blasons,
Étale aux yeux l'éclat de leurs nobles maisons:

Tous deux armés de pieux, dépouilles d'un grand frêne,

Frappent avec fureur et jettent sur l'arène

Les soldats qui voudroient à leurs coups échapper ;

Si quelque bras vengeur aspire à les frapper,

Leur solide cuirasse et leur casque repousse

Les glaives, dont l'acier sur cet airain s'émousse :

En mailles sur leur corps l'airain de toute part

Luit et forme autour d'eux un flexible rempart.

La troupe de Soissons les presse et les menace,

Quand Ferdinand, qu'anime une intrépide audace,

S'avance avec Eustache et défend ces héros.

Son choc, pareil au coup des foudroyants carreaux,

A bientôt dissipé cette troupe légère,

Aux combats inhabile, au péril étrangère :

Les uns à leur effroi courent abandonnés ;

Les autres par le fer expirent moissonnés.

Eustache sur leur chef fond comme la tempête,

D'un seul coup dans les airs il fait voler sa tête,

Et poursuit, agitant son fer ensanglanté,

De ces vils ennemis le reste épouvanté.

Saint-Pol voit leur déroute, et de sa forte lance

Et de son glaive armé sur Buridan s'élance,

L'immole avec Gauthier par un double trépas,

A l'un perce l'épaule, à l'autre fend le bras :

Sur Eustache bientôt la fureur qui le presse

Fait tonner, mais en vain, la hache vengeresse ;

Tant le tissu de maille enveloppant son corps

Le protège et résiste aux plus puissants efforts.

Le héros furieux alors saisit, arrache

Le heaume où son rival à sa fureur se cache ;

Il le flétrit des coups de son glaive sanglant,

Et plonge dans sa gorge un fer étincelant ;

Puis il court attaquer des légions entières

Dont sa troupe investit les bandes meurtrières,

Qu'il enveloppe ainsi qu'en ces souples réseaux

Tendus par le pêcheur aux habitants des eaux.

Ferdinand de Saint-Pol voit la subtile adresse.

A peine il reconnoît le danger qui le presse ;

Il s'élance irrité : les éclairs sont moins prompts ;

Sa course a des Français brisé les escadrons.

Il tient entre ses mains sa hache sanguinaire

Qu'il fait sur l'ennemi tomber comme un tonnerre,

Quand Saint-Pol indigné tout à coup fond sur lui.

Son glaive éblouissant comme un éclair a lui,

Soudain, d'un choc affreux il renverse, il terrasse

Ferdinand, dont il ouvre et brise la cuirasse.

Ce rebelle rugit comme un ardent lion.

Que fera-t-il? puni de sa rébellion,

Va-t-il se rendre? Non; c'est par une mort prompte

Qu'aux yeux de l'univers il veut laver sa honte:

Malgré lui, cependant, on respecte ses jours:

Indigné qu'on l'épargne, il se défend toujours.

Enfin Montmorenci vient, s'approche, et se nomme:

Hors d'état de combattre, il cède à ce grand homme;

Mais s'il cède au vainqueur, il cède le dernier,

Et c'est en menaçant qu'il se rend prisonnier.

Tandis que de Saint-Pol l'audace accoutumée

Fait triompher ainsi la gauche de l'armée,

Dreux, vers la droite, enfonce et renverse les rangs
Des enfants d'Albion l'un sur l'autre expirants;
Frère du roi, pontife et soldat, il étale
Sur des armes d'airain la croix sacerdotale :
Son bras balance en l'air un grand pin résineux
Dont sa fureur agite et fait siffler les nœuds.
Par ses coups foudroyants, devant lui, sur ses traces,
Il forme un long débris d'armets et de cuirasses.
Que de fois sa massue, en son ardent courroux,
Sur les fils d'Albion fait retentir ses coups !
Que de fois sous sa main, d'une autre foudre armée,
Une tige solide et de hêtre formée
Soulève un globe affreux, instrument de l'enfer,
Dont le poids suspendu par des chaînes de fer
Fait voler en éclats les casques, les armures,
Imprime sur les corps d'horribles meurtrissures,
Et fait, pour assouvir son belliqueux transport,
D'un ministre de paix un ministre de mort !
En vain l'Anglais sur lui, dans la sombre mêlée,
Fond, et lance de traits une tempête ailée;

Il résiste à leur grêle ainsi qu'un vaste roc

Qui des flots mugissants soutient l'horrible choc.

C'est peu des ennemis que sa puissance écrase ;

Et, brûlant d'assouvir le courroux qui l'embrase,

Il crie à Salsbéry : « Viens, parois, que crains-tu ?

« Tu ne peux expirer sous mes coups abattu ;

« Mon bras pour te frapper n'a ni glaives ni haches :

« Quitte ces rangs pressés, cet asile des lâches,

« Et fais contre moi seul éclater ton courroux ;

« Viens, ministre du ciel, je bénirai tes coups. »

A peine a-t-il parlé, le fier Anglais s'élance,

Et sur son bouclier brise une forte lance ;

Mais le prêtre, élevant une terrible voix :

« Tu n'éviteras point la lance que tu vois ; »

Et dans l'air aussitôt poussant un cri farouche,

D'un coup de sa massue à ses pieds il le couche ;

Puis il dit aux Anglais : « Tel que je vous le rends,

« Reprenez votre chef et qu'il passe en vos rangs ;

« Je ne puis à son ame, au vrai dogme soumise,

« Moi-même administrer les secours de l'Église. »
Des enfants d'Albion, qui frémissent d'horreur,
Cette amère ironie exalte la fureur.

A l'aspect du héros renversé sur la terre,
L'épouvante saisit le prince d'Angleterre :
Déjà par son vainqueur il se voit enchaîné ;
Il se voit par ses pairs en un cachot traîné ;
Et, brûlant d'éviter l'opprobre qu'il redoute [4],
Sa fuite alloit produire une horrible déroute,
Si, prompts à rassurer le monarque tremblant,
Vermolant, Middlesex, Carlisle et Cumberland,
Ne l'eussent assuré que de vaincre la France
Les Anglais étoient loin d'abjurer l'espérance :
« Voyez vos escadrons, qui, prenant leur essor,
« Brûlent de se venger et de combattre encor ! »
Ils disoient : le tyran, qui de crainte palpite,
Se rassurant alors court et se précipite
Sur ses fiers ennemis, qui, bientôt effrayés,
Par l'Anglais à leur tour expirent foudroyés.

Ainsi la mer, au loin répandant ses ravages,
Tour à tour abandonne et franchit ses rivages;
Ainsi, dignes rivaux des valeureux Français,
Les enfants d'Albion balancent leurs succès.

Mais lorsque, déployant sa valeur enflammée,
Un pontife soutient la droite de l'armée,
Au centre quel spectacle! ô Dieu! quels bataillons
L'un par l'autre heurtés roulent en tourbillons!
C'est là qu'aux fiers Teutons n'accordant nulle trève,
L'ardent Montmorenci vient promener son glaive.
Il perce Frédéric, il renverse Weymar;
Le riche et beau Summer est tombé de son char:
L'un expire, du cou la tête séparée;
L'autre pâle, tremblant, et la vue égarée,
Aux genoux du héros s'épuise en vains efforts,
Prie, et pour sa rançon promet tous ses trésors;
Le glaive du baron, plongé dans sa visière,
Soudain fait dans sa bouche expirer sa prière,
Tandis qu'autour de lui la sanglante Fureur,

Le Désespoir affreux, la Fuite et la Terreur,
Se rassembloient, hurloient, couroient échevelées.
Le Volga, quand son onde engloutit les vallées,
Submerge moins de champs et de bois disparus
Sous ses flots orageux subitement accrus;
Moins terrible on verroit dans les bataves plaines
L'Océan ressaisir ses antiques domaines,
Si ses flots, renversant leur digue avec fureur,
Couroient jeter partout l'épouvante et l'horreur.

Le terrible baron, qu'emporte son courage,
Des Germains enfoncés fait un affreux carnage.
Les boucliers heurtés, les casques, les pavois,
Les sanglots des mourants, le bruit confus des voix,
Forment un son lugubre, horrible, lamentable;
Tandis que les Germains, renversés sur le sable,
Meurtris, défigurés, n'offrent plus, au travers
Des corselets rompus, des heaumes entr'ouverts,
Que des membres hideux, des têtes écrasées,
Et des corps palpitants sous leurs armes brisées.

C'en étoit fait : mourant, ou fuyant, ou soumis,

Tout cédoit au héros vainqueur des ennemis,

Si son bouillant courage et le feu qui l'emporte

Ne l'avoient séparé de sa vaillante escorte.

Poursuivant les vaincus, de son vol hasardeux

Il a précipité l'audace au milieu d'eux,

Et déjà sous leurs coups ses armes retentissent ;

Tous les chefs alliés à la fois l'investissent.

Il appelle sa troupe : à son cri foudroyant,

La foule des Germains tremble, et laisse, en fuyant,

Entre elle et le héros une large carrière ;

Il a bientôt rejoint sa phalange guerrière.

Voyant son bras languir de treize coups blessé,

De quitter le combat ses soldats l'ont pressé ;

Il leur dit : « Compagnons, qu'une hache m'enlève[6]

« Les restes de ce bras déchiré par le glaive ;

« Frappez, délivrez-moi de son poids importun. »

Mais, parmi les guerriers comme il n'en voit aucun

Qui s'apprête à remplir ce sanglant ministère :

« Quoi ! dit-il d'une voix que la fureur altère,

« Qu'attendez-vous ? frappez, je l'ordonne. » A ces mots,

L'un des soldats, cédant aux ordres du héros,

Paroît la hache en main ; le baron, sans alarmes,

Lui présente son bras dépouillé de ses armes,

Et qui, soudain coupé.... Le sang a rejailli ;

Tous les guerriers présents d'horreur ont tressailli :

Bientôt des nœuds étroits, formés avec prudence,

Ont arrêté ce sang qui fuit en abondance ;

L'intrépide guerrier surmonte ses douleurs,

Et dans les yeux des siens voyant rouler des pleurs :

« Cachez-moi de vos cœurs la foiblesse vulgaire,

« Amis ; si de mon bras qu'a mutilé la guerre

« Par un acier tranchant l'Etat se voit priver,

« Il m'en reste encore un tout prêt à le sauver. »

Il part, vole à ces mots. Sa terrible phalange

Le rejoint, et bientôt sous ses ordres se range.

Les Germains ont revu son front ensanglanté ;

Othon lui-même, Othon tressaille épouvanté,

Tandis que ses Teutons, formidables colosses,

L'un par l'autre appuyés, poussant des cris féroces,

Marchent, développés devant leur souverain,

Et serrant leurs écus forment un mur d'airain.

Le héros, secondé de sa troupe invincible,

Soudain leur apparoît foudroyant et terrible.

Déjà tous, effrayés d'un choc inattendu,

Fléchissoient : mais bientôt le sang qu'il a perdu,

Et sa fougueuse ardeur en ce moment funeste,

Achèvent d'épuiser la force qui lui reste ;

Sur son coursier bientôt il chancelle, et des cieux

La lumière à l'instant disparoît à ses yeux ;

Dans les bras de Zerbin, son écuyer fidèle,

Il tombe : de ses preux la troupe au milieu d'elle

Le place, et le confie à ses tristes soldats

Qui l'emportent mourant loin du champ des combats.

Les Teutons, qui craignoient de devenir sa proie,

Par de longs cris alors font éclater leur joie.

Boulogne, loin de lui répandant la terreur,

A sur d'autres rivaux fait tomber sa fureur[7] ;

Mais de Montmorenci le destin déplorable

A peine offre à ses vœux le moment favorable,

Qu'il s'élance, et prévoit ses rapides succès;

« Frappons les derniers coups sur l'empire français, »

A-t-il dit; à ces mots, il vole armé d'un heaume

Qui lui donne l'aspect d'un horrible fantôme :

Un panache de cerf est son large cimier.

Ralliant ses soldats, il marche le premier,

Et brandit en sa main sa gigantesque lance;

Sur ses fiers ennemis tout à coup il s'élance;

En vain sur sa cuirasse ils font tomber leurs coups;

Intrépide, à ses pieds il les renverse tous.

Mélusine excitoit sa rage envenimée;

Planant avec l'enfer sur l'une et l'autre armée,

Elle a vu les Germains tout prêts à succomber,

Et leurs soldats nombreux l'un sur l'autre tomber.

Mais, rassemblant soudain des nuages funèbres,

D'un horizon brumeux formidables ténèbres,

Elle a contre Philippe et ses nobles héros
Des torrents pluvieux précipité les flots.
L'éclair les éblouit; l'air siffle, les cieux tonnent;
La grêle horrible tombe, et les vents tourbillonnent;
Et les drapeaux français, par l'orage surpris,
Sur l'arène, en tombant, dispersent leurs débris.

Tandis que des démons la colère foudroie
Les guerriers de Philippe à leur pouvoir en proie,
Boulogne crie aux siens : « Amis, accourez tous;
« Les éléments armés se déclarent pour vous;
« Repoussant du soleil l'importune lumière,
« La nuit répand sur nous son ombre auxiliaire.
« Voyez comme, propice à l'empire germain,
« L'aquilon nous protège et nous fraie un chemin. »
Il dit; et les Teutons, secourus par l'orage,
Par l'enfer excités, poussant des cris de rage,
S'avancent fièrement contre les Bourguignons.
Eude, exhortant les siens, s'écrioit : « Compagnons,
« Suivez-moi; si le sort nous ravit la victoire,

22

« En expirant, du moins n'expirons pas sans gloire. »

A ces mots, sur Boulogne il court, et dans son flanc
S'efforce de plonger un glaive étincelant.
Long-temps avec sa troupe à ce monstre il s'oppose.
Appuyant ses efforts, Thibaut combat; il ose
Repousser quelque temps ce rebelle irrité.
Mais que lui sert, hélas! son intrépidité?
Les ténèbres, toujours de plus en plus profondes,
Le repoussent chassé par la foudre et les ondes,
Tandis qu'il voit Boulogne, enveloppé d'éclairs,
Presser ses bataillons de toutes parts ouverts.

Leur phalange, deux fois par le traître rompue,
Deux fois a renoué sa chaîne interrompue;
Et deux fois il la brise : infortuné Valsain,
Son fer, en frémissant, se plonge dans ton sein.
Oh! combien gémira ta jeune et tendre épouse!
Est-ce toi dont le sang teint la verte pelouse,
Intrépide Montfort, toi le terrible écueil

Où cent fois des Anglais vint échouer l'orgueil.

Boulogne t'a percé ; sa lance meurtrière

Dans ton flanc déchiré s'enfonce tout entière.

Gombaud tombe en mourant, par son bras terrassé,

Sur un fils gémissant qui le tient embrassé.

Le duc des Bourguignons expire sa victime.

Ce monstre, se livrant au courroux qui l'anime,

L'attaque, et dans son front par sa rage fendu

Enfonce un glaive affreux jusqu'aux yeux descendu.

Le sang coule, baignant son armure arrosée,

Et jaillit sur la terre en horrible rosée.

Thibaut est le témoin de ces terribles coups :

Sur l'infame Boulogne il veut les venger tous ;

Lorsque Boulogne atteint son dextrier qu'il perce,

Qui sous son cavalier se cabre et le renverse.

On l'emporte ; les siens, pliant de toute part,

N'opposent aux Germains qu'un débile rempart.

Des Teutons cependant l'épouvantable bande,

Que Boulogne conduit, que l'empereur commande,

Hurlant, comme des bois les monstres dévorants,

Marchoit et déployoit ses formidables rangs.

La cataracte immense, et qu'on voit sur la terre

Du haut de ses rochers tomber comme un tonnerre,

Produit un bruit moins grand que ces géants guerriers

Entrechoquant dans l'air leurs glaives meurtriers.

De Corbie et d'Amiens communes intrépides,

Opposez votre effort à leurs succès rapides,

Défendez votre prince, et, pour le secourir,

Marchez; c'est maintenant qu'il faut vaincre ou mourir.

Si vous fuyez, pour vous il n'est plus de patrie.

Mais je vois éclater votre ardente furie;

Je vois tous vos guerriers qui, fermes à leur rang,

S'enivrent de carnage et se gorgent de sang.

La hache retentit, et le glaive dévore;

Où la force n'est plus, la rage vit encore.

Le nombre enfin l'emporte; ô moment plein d'effroi!

Les Germains triomphants s'avancent vers le roi,

Que d'un dernier rempart sa noblesse protège.

Sa noblesse, grand Dieu! comment la dépeindrai-je [8]?

Sur les Impériaux, dans son ardent courroux,

Le roi veut s'élancer; mais elle à ses genoux

Se jette, en combattant sa généreuse envie :

« Sire, sire, à l'état conservez votre vie;

« Nous sommes vos remparts; avant de vous toucher,

« Vos ennemis.... sur nous il leur faudra marcher. »

Ils disoient; mais du roi la force est plus qu'humaine;

Si des fers l'arrêtoient, il briseroit sa chaîne

Pour se précipiter où l'honneur le conduit.

Ah! c'en est fait, il part; sa noblesse le suit:

Il part; Dieu tout-puissant, garde un père à la France!

Contre lui les Teutons marchent plein d'assurance.

Tu tombes, Mortimer, auprès de Beaufremont:

Près de toi La Trimouille, et Brissac, et Clermont,

Expirent en laissant des noms dont la mémoire

A la postérité recommande leur gloire.

Près du jeune Henri Berton meurt à son tour;

Mais sorti de son sang Crillon doit naître un jour,

L'intrépide Crillon, dont l'héroïque audace

22.

Du brave à tous les preux fera chérir la race.

On voit du souverain le royal héritier,

Louis, qui de son corps le couvre tout entier.

Il renverse mourants ceux dont la rage espère

Ensanglanter leurs bras du meurtre de son père.

Mais déjà les Teutons et Boulogne (ô douleur!)

Des chevaliers français ont moissonné la fleur!

Deux cents preux ont péri! Louis, percé lui-même,

Louis semble toucher à son heure suprême!

Son fidèle écuyer dans ses bras le pressant,

Vers le camp des Français l'emporte languissant;

Et son père chéri dans ce moment peut-être,

Prêt à perdre la vie... On l'a vu disparoître;

Ce héros en tombant sur la terre a roulé;

Sous les pieds des chevaux indignement foulé,

Il n'évite la mort qu'abrité par la masse

De l'inflexible airain qui forme sa cuirasse.

Une lance homicide, instrument de l'enfer,

Au joint de son armet fixe un ongle de fer,

Qui l'arrête enchaîné par sa force invincible;

Un soldat ennemi tient cette arme terrible.

C'est un être inconnu, c'est un obscur Germain

Qui du roi des Français voit le sort en sa main.

Déjà Louis, non loin de ce sanglant théâtre,

Est porté dans son camp, vers l'autel où l'albâtre

Figure un dieu mourant pour désarmer les cieux.

Il n'est plus entouré que de prêtres pieux,

De Blanche, de son fils, et de la triste reine,

Qui tremble, qui gémit et se soutient à peine.

Priant à son côté pour le salut du roi,

Blanche n'éprouve pas moins de trouble et d'effroi.

Des courriers diligents, vers l'auguste princesse

Par Philippe envoyés et revenant sans cesse,

Racontent du héros les succès, les revers,

Et tourmentent les cœurs par cent récits divers.

Dès que l'espoir y naît, la crainte le remplace;

C'est un supplice affreux qui les brûle et les glace:

Le malade, en rêvant, voit ainsi tour à tour

L'enfer chasser le ciel, la nuit chasser le jour,

Croit gravir les rochers ou planer sur leurs cimes,

Ou tomber en roulant en de profonds abîmes.

Mais quel est ton effroi, Blanche, lorsqu'à pas lent,

Louis, entre les bras d'un écuyer tremblant,

Vers toi languissamment se traîne et te révèle

Du succès des Germains la terrible nouvelle !

« Plus de France, a-t-il dit ; c'en est fait, sans retour

« Sa gloire a disparu, j'ai vu son dernier jour :

« Les bataillons français, Philippe, sa noblesse,

« Tout périt, et mon père... » A ces mots, sa foiblesse,

Malgré ses vains efforts, intercepte sa voix ;

Il retombe étendu sur son triste pavois.

Le fleuve cependant voyoit près de ses rives

S'amasser des Français les troupes fugitives

Qui couroient vers le pont, s'efforçant d'échapper

Aux glaives des Germains tout prêts à les frapper.

Mais Blanche ; ah ! c'est alors que de son ame altière

L'héroïque vertu resplendit tout entière ;

Intrépide, et portant son fils entre ses bras,

Elle se précipite au-devant des soldats,

Et s'écrie : « Arrêtez, compagnons de mon père,

« Ou marchez sur les corps du fils et de la mère !

« Mais non, vous défendrez l'héritier de vos rois ;

« Il vous parle, à l'empire il réclame ses droits ;

« Ralliez-vous à lui pour voler à la gloire ;

« Mon fils est le drapeau qui mène à la victoire :

« Sa mère en vous guidant le porte devant vous ;

« Redevenez Français, marchez et suivez-nous. »

A peine elle a parlé, ce transport magnanime,

Cette voix, cet accent, ce dévouement sublime,

Rend aux preux effrayés leur instinct belliqueux.

Blanche avance à leur tête et s'élance avec eux ;

Quand Boulogne vainqueur aperçoit la phalange

Qui, par elle guidée, autour d'elle se range :

Soudain poussant un cri, comme un tigre irrité,

Sur elle avec sa troupe il s'est précipité.

La fortune au hasard flotte encore et balance ;

Mais l'héroïsme enfin cède à la violence,

Et Boulogne appuyé du secours des enfers,

Traîne Blanche et son fils, chargés d'indignes fers.

Que dis-je? il voit alors... ô crime! ô barbarie!

Vers le camp des Français guidé par sa furie;

Il voit, avec Louis, au pied du saint autel,

La reine et ses suivants pleins d'un effroi mortel.

Il triomphe, il se livre à son horrible joie;

Il s'empare à l'instant de son auguste proie,

Et la renferme au sein de ses noirs bataillons,

Qui sur ses pas vainqueurs volent en tourbillons.

Hélas! c'en étoit fait du salut de la France

Si Montigny, sa seule et dernière espérance,

Montigny dont les mains portoient à son insu

Le céleste drapeau qu'un archange a tissu,

N'eût aperçu, du haut d'une verte colline

Qui sur l'armée entière en cet instant domine,

Le monarque français à la mort exposé.

Armé de l'étendard en ses mains déposé,

Il part, et l'oriflamme avec lui dans la lice

Fait descendre à l'instant l'immortelle milice ;

Sous le divin drapeau, vers Philippe en danger,

Les chérubins en foule accourent se ranger.

Que dis-je ? on voit, du ciel guidant l'armée entière,

De celle des Français brillante auxiliaire,

Geneviève qui presse et dirige l'essor

De ses coursiers ardents dont les crinières d'or,

Des feux brûlants du jour voltigent éclairées.

Voyez-la traversant les plaines éthérées,

Sous son char écraser la foule des démons

Auprès du camp français répandus sur les monts.

Le reste a fui les coups des célestes phalanges.

Précipités contre eux, les terribles archanges

Partout chassent du ciel ces monstres furieux,

Et sur eux font siffler leurs traits victorieux ;

Les démons, vomissant leurs indignes blasphêmes,

Hurloient, se déchiroient, se renversoient eux-mêmes ;

Mélusine au milieu des spectres infernaux

Fuit, déroulant sur eux ses énormes anneaux,

Et se dérobe aux coups de la vierge céleste.

N'étant plus protégés par son pouvoir funeste,
Les alliés, saisis d'un invincible effroi,
N'osent plus menacer les Français et leur roi.
Ils sentent s'amollir leur force et leur courage.
Boulogne seul, armé d'une invincible rage,
Marche droit à Philippe et cherche à le frapper,
Mais voyant du drapeau les plis l'envelopper,
Il s'arrête effrayé de ce divin prodige,
Et fuit les yeux troublés d'un horrible vertige.

Près de Philippe alors courent se rallier
Ponthieu, Melun, Beaumont, de Nesle, Saint-Vallier,
Et de Roie, et de Trie, et ce fougueux Desbarres,
Cet Achille français, qui chassant les barbares,
De son glaive sur eux fait gronder la fureur.
Destaing, qui pour Philippe a connu la terreur,
A son aspect vers lui s'élance, et le relève.
Lui cédant son coursier, sa massue et son glaive,
Tristan, sa dague au point, repousse l'étranger.
Le monarque français, brûlant de se venger,

Part, vole ; à son côté, Melun, Beaumont, de Trie,

Palpitant du désir de venger leur patrie,

Étienne et Mauvoisin, d'audace étincelants,

Ont suivi de leur roi les belliqueux élans :

Mais lui, ciel ! ô quel feu le soutient et l'anime !

Son fer, accumulant victime sur victime,

Comme un trait de la foudre étincelle en sa main,

Et fraie à ses guerriers un terrible chemin.

On diroit qu'à sa voix, enfantés par la terre

Grosse de combattants, féconde pour la guerre,

Des chevaliers géants s'élancent tout armés,

Vainqueurs des ennemis aussitôt que formés.

Le monarque germain, sur son char qui s'arrête,

Voit de loin s'amasser cette horrible tempête,

Et l'examine ainsi qu'un nautonnier prudent

Qui modère soudain son vaisseau trop ardent

Quand il pressent le grain, précurseur de l'orage,

Et que, pour échapper à l'horrible naufrage,

Il replie et sa voile et ses mâts consternés,

Que menacent les vents et les flots mutinés.

Une autre scène alors vient effrayer la vue

Des Germains, que saisit une horreur imprévue.

Montmorenci, couvert de poudre et de lambeaux,

Comme un débris vivant échappé des tombeaux,

Leur apparoît sans fer, sans bouclier, sans heaume:

Est-ce un être réel, est-ce un sombre fantôme

Qui, pour venger sa mort, de la tombe vomi,

Vient, pâle et tout sanglant, menacer l'ennemi?

Non, c'est lui, mais privé de son ame céleste;

Du héros qui n'est plus épouvantable reste,

Son cadavre paroît encore se mouvoir:

Ainsi, d'un vain prestige essayant le pouvoir,

L'armée a dans ses rangs mis ce premier des braves.

Soudain Teutons, Anglais, et Belges, et Bataves,

De son terrible aspect reculent effrayés.

Les Germains, par ses coups naguère foudroyés,

Veulent combattre ; en vain, la terreur est plus forte;

Mort ou vivant, fantôme ou chevalier, n'importe,

Sa vue a renversé ses ennemis surpris.

Tel, encor menaçant dans ses affreux débris,

Un fort démantelé, du haut de ses murailles,

Que la guerre a rempli d'horribles funérailles,

Fier, et rougi d'un sang qui glace de terreur,

Répand encore au loin la surprise et l'horreur :

Ainsi tous les Germains, précipitant leur fuite,

Du cadavre vainqueur évitoient la poursuite.

Philippe a profité de leur subit effroi :

Montjoie et Saint—Denis...! Ce cri d'armes du roi

Rassemble autour de lui ses formidables bandes.

Sous ses drapeaux alors Desbarres et Garlandes

Font marcher sa réserve, et percent avec eux

Des bataillons germains le centre belliqueux.

Alors on voit tomber, privés de leurs panaches,

Ces vieux heaumes criblés d'horribles coups de hache ;

On voit ces grands Teutons, immolés dans leurs rangs,

L'un sur l'autre tomber, se traîner expirants.

On entendoit partout tonner les lourdes masses,

Dont les coups enfonçoient les plastrons, les cuirasses

Des géants qui couvroient un immense terrain,

Et hurloient écrasés sous leurs armes d'airain.

Gantelets, corselets, hauberts, tissus de mailles,

Percés, heurtés, brisés par le fer des batailles,

Sous leurs larges débris offroient partout aux yeux

De grands corps déchirés par des coups furieux.

Ceux qui vivoient encor, redoutant la lumière,

Se cachoient dans la nuit, leur sombre auxiliaire;

Que dis-je? on a vu même, échappé de son char,

Sur un coursier s'enfuir leur superbe César :

Desbarres l'aperçoit, l'arrête à son passage;

Scoffe d'un pieu pesant a flétri son visage;

Mauvoisin, qui bondit sur des monceaux de morts,

De son coursier s'empare et le saisit au mors;

Le fougueux animal qu'en sa fureur il frappe,

L'œil percé de sa pique, en se cabrant s'échappe,

Emporte le monarque, et loin des bataillons

Se renverse avec lui couché dans les sillons.

L'armée entière alors s'enfuit, et sur sa route

Offre partout l'aspect d'une immense déroute;

Teutons, Belges, Anglais, en tumulte courants,

L'un par l'autre heurtés, l'un sur l'autre mourants,

N'offrent partout aux yeux qu'un horrible mélange

De cadavres, de sang, de carnage et de fange

De coursiers abattus et de drapeaux flétris,

Dont l'aquilon sifflant emporte les débris.

Philippe est triomphant, et cependant il tremble :

Son fils, son petit-fils, Blanche, et la reine ensemble,

Craignent, livrés aux mains d'un monstre furieux,

Le trépas ou l'horreur d'un sort injurieux :

Tout à coup, ô surprise ! ô chances de la guerre !

Voilà Thibaut, voilà ce héros qui naguère

Sur un lit belliqueux gémissoit étendu !

Pour sauver Blanche, armé d'un glaive inattendu,

Ayant surpris Boulogne et prévenu ses crimes,

Thibaut vient à son bras d'arracher ses victimes.

Philippe revoit Blanche, et la reine, et Louis ;

Les dangers qu'il craignoit sont tous évanouis ;

O de quel doux moment Thibaut goûte les charmes !

Il voit Blanche et son fils, et son époux en larmes,

23.

Le beau teint d'Isembure a repris ses couleurs,

Comme on voit au matin se ranimer les fleurs,

Dont l'aube, en se levant, humecte les calices.

Thibaut de cet instant savouroit les délices.

Mais Boulogne, ah ! comment ce tigre déchaîné

Pourra-t-il assouvir son courroux forcené ?

Intrépide, il déploie aux yeux qu'il épouvante

Son triple bataillon , forteresse mouvante,

Qui seule au roi vainqueur peut s'opposer encor.

C'est de là que le monstre , en son rapide essor,

S'élance impétueux, poussant des cris de rage,

Comme un tigre altéré de sang et de carnage.

Dix fois sur les Germains, avec impunité,

De sa guerrière enceinte il s'est précipité ;

Quand, voulant mettre un terme à cette violence [10] ;

Pour frapper le perfide, un homme...un dieu s'élance ;

C'est Philippe ; il s'écrie : « Arrêtez ; c'est à moi

« D'immoler un félon qui veut frapper son roi. »

Il dit, et fond sur lui. Tel l'archange sublime,

Prêt à plonger Satan dans l'infernal abîme,

Renversant sous ses pieds son rival furieux,

D'un seul coup de sa lance en délivra les cieux:

Tel Philippe a jeté Boulogne sur l'arène.

Ce rebelle en son sang tombe, roule et se traîne,

Brise le javelot dans sa gorge plongé;

Enfin le monstre expire, et le trône est vengé.

Dans la plaine au vainqueur alors rien ne s'oppose,

Sur son glaive calmé Philippe se repose.

Les Allemands ont fui; le vil Plantagenet,

Que son avide espoir à la guerre entraînoit,

Maintenant désarmé, poussant des cris funèbres,

Se cache enveloppé sous de lâches ténèbres:

Il craint l'aspect des siens et du Belge indigné;

Jusqu'au moment propice où d'un port éloigné

Les vaisseaux, par son ordre assemblés sur la rive,

Emportent sur les eaux sa troupe fugitive.

Cependant, au milieu des soldats triomphants,

Comme un père adoré de ses heureux enfants,

Le héros s'offre aux yeux de sa vaillante armée ;

Du besoin de le voir, palpitante, affamée,

Elle se presse en foule, et produit dans les airs

Un tumulte pareil au bruit des grandes mers

Quand leurs flots écumeux en des roches profondes

Avec un long fracas font bouillonner leurs ondes.

Le monarque vainqueur se montre à tous les yeux,

Et de l'armée alors les cris victorieux

S'élèvent dans les airs sous des cieux sans orages,

Où l'on dit qu'on a vu, dans un chœur de nuages,

Du grand Montmorenci l'ame, au sein des vapeurs[1],

Abandonnant le monde et ses plaisirs trompeurs,

Remporter au séjour des célestes phalanges

L'oriflamme divin qu'environnoient les anges,

Et qui, d'un ciel en feu réfléchissant l'ardeur,

Sur Philippe et les siens répandoit sa splendeur.

A l'aspect du drapeau dont la vertu suprême

Du souverain français sauva le diadême,

Il s'incline adorant ce signe solennel.

Ainsi, lorsqu'échappé du monde criminel,

Dont un vaste déluge avoit puni la fraude,

Noë vit briller l'or, la pourpre et l'émeraude

De l'arc éblouissant par ses saintes couleurs,

Qui présageoient la fin des publiques douleurs,

A l'aspect imprévu du signe salutaire

Que Dieu fit éclater pour consoler la terre,

Le vieillard, inclinant son front religieux,

Du symbole de paix remercia les cieux,

Et vit, en s'écriant, sortir du sein de l'onde,

Un nouveau monde éclos des débris du vieux monde.

FIN DU DOUZIÈME ET DERNIER CHANT.

NOTES.

NOTES.

CHANT SEPTIÈME.

Page 4, vers 14.

Le trop fameux Richard, qui fut jadis ton maître...

Richard fut, par sa valeur chevaleresque, un des rois les plus funestes à l'Angleterre. Il laissa son pays en proie aux divisions, tandis que Philippe, par une sage administration, éleva la France au plus haut degré de prospérité. Les victoires qui n'aboutissent qu'au malheur sont un crime aux yeux du sage; elles ne sont dignes d'éloges qu'autant qu'elles assurent aux états une paix florissante. Tel fut le résultat de la bataille de Bovines.

Pag. 6, vers 3.

L'Anglais chérit ses rois, mais il craint des entraves.

La charte que Jean-sans-Terre fut obligé d'accorder à ses barons n'étoit que le germe de celle qui

24

depuis a posé sur une base solide la liberté de l'Angleterre; mais il étoit possible qu'un Anglais rêvant le bonheur de son pays, conçut dès lors une pensée féconde, et que la barbarie du temps rendoit inexécutable; c'est pourquoi j'ai cru pouvoir mettre dans la bouche de Salsbéry les paroles auxquelles se rapporte la note suivante.

Pag. 6, vers 17.

J'ose la proposer, et j'en fixe les lois.

C'est une espèce de prévision politique : elle sourit à l'imagination, qui aime à se replier sur le passé, ou à se plonger dans l'avenir.

Pag. 10, vers 5.

La triste servitude engourdit la nature.

Quand on songe que cet état de servage, qui attachoit l'homme à la glèbe, a duré plus de huit cents ans, on ne peut s'empêcher de gémir sur la triste humanité; mais l'indignation s'empare de l'ame quand on sait que cet horrible état d'oppression trouve encore des partisans.

Pag. 18, vers 17.

Du supplice bientôt les instruments hideux...

Les ouvrages de Lacurne de Sainte-Palaie et de

La Colombière m'ont donné les éléments de la description où j'ai dépeint, autant que je l'ai pu, cette
scène effrayante de la dégradation des chevaliers;
mais, quelle que soit la puissance de la poésie, elle
a bien peu de ressources pour atteindre à l'effet de
cette cérémonie terrible.

Pag. 3o, vers 11.

Des lampes qui versoient un jour mélancolique...

Ce fragment, connu dans mon ouvrage sous le nom
de l'interdit, a obtenu, par les lectures que j'en ai
faites, une espèce de célébrité, et m'a valu beaucoup
d'encouragements de la part de mes confrères. Je
crois en être particulièrement redevable à la nou-
veauté du sujet et à la puissance d'un grand intérêt
politique.

Pag. 39, vers 10.

Oui, je pars, dit le prêtre indigné, furieux,

Cette terrible malédiction de l'Église et les céré-
monies qui l'accompagnent me semblent offrir un
des tableaux les plus frappants qu'on puisse présenter
à l'imagination du lecteur.

> Mais il est des objets que l'art judicieux
> Doit offrir à l'oreille, et reculer des yeux.

Cette réflexion, qui peut s'appliquer à la scène de

l'interdit, convient encore plus à la dégradation des chevaliers français, suivie de leur mort. Il est certain que ce spectacle ne pourroit être toléré sur la scène.

Pag. 45, vers 17.

Des Français cependant l'ame aux dogmes soumise...

Le refus des sacrements qui termine ce morceau devoit m'inspirer plus que le reste, quoiqu'il fût, par sa nature, d'une exécution plus difficile encore, mais j'ose croire que cette difficulté, loin de s'opposer à la perfection de l'art, ajoute encore à sa puissance. Un de nos meilleurs poètes lyriques a très-bien dit que la difficulté étoit une dixième muse.

CHANT VIII.

Pag. 51, vers 7.

Là, partout à ses yeux, et partout sur ses traces.

C'était peu de représenter les effets de l'interdit dans la capitale, il falloit les montrer aussi dans les campagnes et dans les grands châteaux frappés de cette foudre, comme les hautes montagnes par les coups du tonnerre.

Pag. 57, vers 6.

Ecoute-moi, dit-elle, et connois un mystère...

La prise de Constantinople par les Latins réunis aux Francais est un grand événement contemporain du règne de Philippe-Auguste. La part que Montmorenci et le comte de Saint-Pol eurent à cet événement le rend encore plus digne de l'attention des Français. Mais, quel que soit l'éclat de cette conquête, j'ai cru que le refus fait par Montmorenci de monter sur le premier trône du monde seroit plus éclatant encore; les grands sentiments héréditaires dans cette famille me donnent lieu d'espérer qu'elle applaudira aux motifs qui m'ont animé quand je me suis permis cette fiction.

Pag. 77, vers 17.

Alors, abandonnant la véritable voie...

Nous arrivons à l'explosion du volcan sous-marin. Je me félicite d'avoir imaginé ce ressort épique, parce qu'il appartient essentiellement au merveilleux pris dans la nature même. Si je m'étois borné au récit qu'on trouve dans l'histoire, j'aurois dit que Philippe, désespérant d'empêcher les Anglais de s'emparer de sa flotte prisonnière dans le port de *Dam*, l'avoit livrée aux flammes, pour

24.

en frustrer les ennemis, et ce récit de gazette n'eût trouvé sans doute aucun contradicteur ; mais, songeant aux préceptes de notre législateur Boileau, je me suis rappelé ces beaux vers :

Qu'Enée et ses vaisseaux par le vent écartés
Soient aux bords africains d'un orage emportés,
Ce n'est qu'une aventure ordinaire et commune,
Qu'un coup peu surprenant des traits de la fortune ;
Mais que Junon, constante en son aversion,
Poursuive sur les flots les restes d'Ilion ;
Qu'Éole en sa faveur, les chassant d'Italie,
Ouvre aux vents mutinés les prisons d'Éolie ;
Que Neptune en courroux, s'élevant sur la mer,
D'un mot calme les flots, mette la paix dans l'air,
Délivre les vaisseaux, des syrtes les arrache,
C'est là ce qui surprend, frappe, saisit, attache ;
Sans tous ces ornements, le vers tombe en langueur,
La poésie est morte ou rampe sans vigueur.

Ce genre de merveilleux m'a d'autant plus séduit que, n'étant point fondé sur des erreurs, comme la magie et les vieilles superstitions, il est inhérent à la nature, et participe à sa grandeur. Je prie mes lecteurs de me pardonner cette petite digression, attendu que le merveilleux que je leur présente est d'un nouveau genre, dont les anciens même ont fait peu d'usage, à cause de la richesse de leur théogonie. J'ai pensé qu'on ne me sauroit pas mauvais gré d'appuyer sur une puissante autorité, comme celle de Boileau, l'espèce d'innovation que je me suis permise.

Pag. 87, vers 13.

Quand mon bandeau royal ceindra ton front auguste.

Les conseils que Philippe donne en ce moment à son petit-fils sont précisément les mêmes que celui-ci a donnés à Philippe-le-Hardi; il est permis au poète de supposer que ces préceptes dictés aux rois par la sagesse se transmettoient de père en fils, ainsi qu'un héritage, dans leur auguste famille.

CHANT IX.

Voici le chant de mon ouvrage sur lequel j'ai cherché à répandre le plus d'intérêt. J'ai fait tout mon possible pour donner à la malheureuse princesse qui y joue le principal rôle cette élévation d'ame qui rend l'Alceste d'Euripide si touchante quand elle s'immole pour son époux.

Pag. 113, vers 7.

Bientôt les deux guerriers s'élancent vers la place.

Le combat juridique appelé *jugement de Dieu* of-

froit aux yeux le spectacle le plus terrible. Les céré-
monies qui l'accompagnoient, et que j'ai retracées,
sont décrites dans mon poëme avec une grande exac-
titude. J'en ai trouvé les détails dans le *Théâtre de
l'Honneur* par La Colombière.

Pag. 124, vers 14.

Un voile où resplendit l'éclat du rang suprême....

M. de Chateaubriand, dans son bel épisode de
René, dépeint une prise d'habits avec la supériorité
de son talent. Forcé de traiter le même sujet, je n'ai
pu éviter un parallèle qui est tout à mon désavantage.
Mais si la cérémonie est la même, les circonstances
qui l'accompagnent et les personnages diffèrent en-
tièrement.

Pag. 129, vers 10.

Cependant on voyoit pleins d'un timide effroi....

Horace a dit, en parlant de l'entremise du ciel
dans les tragédies :

Nec deus intersit nisi dignus vindice nodus.

Cette entremise est bien plus nécessaire dans l'épopée, qui est essentiellement merveilleuse : ce qui est
une exception à la règle, dans la tragédie, est la règle
même dans le poëme épique, où tout s'opère par l'in-

tervention du ciel. Il faut sauver la France en lui rendant son roi, et délivrer Philippe de l'interdit qui
paralyse la France. Le sacrifice d'Agnès fléchit le
ciel, et les prières qu'on adresse à sainte Geneviève,
en promenant sa châsse dans Paris, amènent le dé-
nouement qui rend Philippe à la vie. Il est bon de
remarquer que ce prince, étant malade à toute extré-
mité quand Agnès fait son sacrifice, ne peut s'y opposer, et qu'ainsi je lui ai conservé un caractère
supérieur au sien même, qui a fléchi sous les foudres
de l'Église.

CHANT X.

Pag. 140, vers 12.

Comment les dépeindrois-je ? ah ! quand j'aurois cent voix...

Les dénombremens, qui font une partie nécessaire
de l'épopée, ont peu d'attraits pour les lecteurs ; et
c'est là surtout que le poëte doit épuiser toutes les
ressources de l'art d'écrire, pour obtenir leur attention. Cette difficulté s'augmente encore, quand les
noms des lieux qu'il faut citer offrent à l'oreille des
sons qui la blessent. C'est dire assez combien il m'en
a coûté pour passer en revue les principales villes de
l'Angleterre, de la Hollande et de la Germanie,

dont les noms sont reconnus pour n'être pas très-euphoniques.

Pag. 151, vers 6.

Voyant des jeunes chefs ses leçons méprisées.

Quoique Boulogne ait le caractère le plus prononcé, et brûle du désir de la vengeance, l'expérience qu'il a de l'impétuosité des Français, que lui-même a souvent conduits à la victoire, lui fait exprimer, dans le conseil des alliés, une opinion, sage et réfléchie, qu'ils traitent de pusillanime, et qui provoque leurs risées. Je n'ai fait que transcrire en vers la réponse qu'il fit à ces railleries amères, et qui s'est vérifiée depuis; car il est constant que tous les chefs de la ligue ont pris la fuite ou mis bas les armes avant lui, qui ne s'est rendu que le dernier.

Pag. 154, vers 4.

Aux premiers feux du jour, l'attrayante Isabelle....

Isabelle, délivrée de son amour par un sortilège de Mélusine, redevient ce qu'elle étoit avant sa déplorable passion, une princesse altière, ambitieuse, et d'autant plus avide de puissance qu'elle aspire à se venger d'un sanglant outrage. Cette rage forcenée qui s'empare de son ame, après avoir causé la mort de sa mère, la détermine à se livrer au crime, dont elle n'est préservée que par une catastrophe horrible qui entraîne sa destruction.

CHANT XI.

Pag. 186, vers 9.

Je vois d'abord un roi pieux et magnanime.

Ici, par le secours d'un être surnaturel, l'épopée lève un coin du rideau qui cache l'avenir aux yeux du roi, et elle permet au poète de montrer dans un tableau rapide cette dynastie qui s'étend depuis Hugues Capet jusqu'à nos jours. Tous les poètes, comme Virgile, ont fait usage de cette prévision donnée aux êtres surnaturels, pour joindre au récit du présent et du passé celui des événemens futurs. Ce ressort n'est point neuf, il faut l'avouer; mais comme il est le seul qui soit à la disposition du poète pour l'autoriser à s'emparer de l'avenir, je n'ai point hésité à m'en servir.

Pag. 192, vers 13.

O toi, qui de Milton dictant les chants sublimes.

Si je n'ai point fait descendre mon héros dans les enfers, quoique j'eusse pour moi l'autorité de Vir-

gile, c'est que notre religion n'offre pas l'exemple
d'un homme qui ait pénétré vivant dans le sombre
abîme. Virgile étoit en droit d'y faire descendre
Énée, parce que la théogonie païenne en admettoit
la possibilité. Orphée, Thésée, et d'autres héros de
l'antiquité, étoient censés avoir vu le Tartare et en
être revenus. Cependant il est à remarquer que Virgile, pour ne pas blesser les incrédules de son temps,
fait sortir son héros des enfers par la porte des songes; de sorte qu'il est permis au lecteur de croire
que ce récit n'est autre chose que le récit d'un rêve.
Je n'avois à ma disposition que l'empire des tombeaux, et je m'y suis précipité. Les tombeaux, comme
l'a très-bien dit notre illustre Delille, sont placés
aux confins des deux mondes, et leur silence parle
bien mieux à l'imagination que les discours les plus
éloquents. D'ailleurs, il est de la nature de l'imagination d'agrandir tout ce qu'elle touche; elle crée
ce qui n'existe point, elle découvre ce qu'on lui
cache; et quand elle agite la pensée, elle lui imprime un mouvement qui n'a plus de bornes. Voilà
pourquoi Dieu, se cachant à nos yeux, est plus
grand que s'il se montroit à nous; il se fait sentir
partout, et ne se manifeste nulle part.

Pag. 194, vers 5.

Cette ombre que tu vois, lui dit la plus jeune ombre,
Est Childéric, et moi, je suis Bazine...

Cette apparition de Bazine et de Childéric m'a été
inspirée par l'admirable épisode de Françoise de Ri-
mini, dans l'enfer du Dante.

Pag. 198, vers 1.

Philippe reconnoît le vainqueur des Germains.

Charlemagne, qui certes savoit régner et se con-
noissoit en puissance, interrogé par Philippe sur les
moyens qu'il a employés pour étendre son autorité,
lui répond que c'est en plaçant la force sous l'empire de la loi; vérité féconde, qui est la base de l'ordre social. Les assemblées du champ de mai, convo-
quées par ce grand prince, et réunissant tous les
ordres de l'état, rendirent les grandes décisions qu'il
fit exécuter; et jamais l'administration intérieure de
la France ne fut aussi florissante que sous son règne.
Le grand édifice élevé par lui n'a croulé que parce-
qu'il n'a pas limité sa puissance au dehors, comme
il l'a fait dans l'intérieur de ses états; mais l'abus de
la force entraîne nécessairement sa destruction; il
pressa outre mesure les peuples du nord, qui, forcés
d'abord de se défendre, s'aperçurent plus tard qu'ils

pouvoient attaquer, ce qu'ils firent avec un immense succès sous les successeurs de Charlemagne.

J'invoque à l'appui de mon opinion le témoignage de Montesquieu, qui dit, dans son ouvrage *sur la Grandeur et la décadence des Romains* (chap. 16): « Ces essaims de barbares qui sortirent autrefois du nord ne paroissent plus aujourd'hui. Les violences des Romains avoient fait retirer les peuples du midi au nord : tandis que la force qui les contenoit subsista, ils y restèrent ; quand elle fut affoiblie, ils se répandirent de toutes parts. La même chose arriva quelques siècles après. Les conquêtes de Charlemagne et ses tyrannies avoient une seconde fois fait reculer les peuples du midi au nord : sitôt que cet empire fut affoibli, ils se portèrent une seconde fois du nord au midi. Et si aujourd'hui un prince faisoit en Europe les mêmes ravages, les nations repoussées dans le nord, adossées aux limites de l'univers, y tiendroient ferme jusqu'au moment qu'elles inonderoient et conquerroient l'Europe une troisième fois. »

Pag. 203, vers 18.

Ton ame, abandonnant la lumière du jour....

Ici, grace encore à l'intervention d'un personnage divin, mon sujet prend une importance bien plus grande que s'il s'agissoit seulement du salut d'un empire. Il s'agit du sort de toutes les générations passées, présentes et à venir, fondé sur le dogme de l'immortalité de l'ame. Mais, me diront peut-être des esprits difficiles, à quoi bon cette digression inutile à votre sujet, et qui retarde l'action de votre poëme ? il est question de triompher des alliés, et non de nous perdre dans l'immensité des cieux. Cette objection ne pourroit-elle pas être dirigée également contre le sixième livre de l'Énéide ? Il est question pour Énée de s'établir en Italie, diroit-on, et non de connoître à fond le système de Pythagore sur la transmigration des ames. Virgile pourroit nous répondre : Il s'agit pour Énée de fonder Rome, afin qu'ayant rempli sur la terre la mission qui lui est donnée par le ciel, et étant délivré des nœuds de la matière, il puisse jouir auprès de son père du bonheur qui l'attend dans le séjour des ames. Cette réponse est encore mieux fondée dans une épopée chrétienne, où le seul intérêt qui doive animer les ames est de remplir leur mission sur la terre, pour obtenir la récompense qui les attend dans le ciel. Ce ciel ne doit descendre jusqu'à l'homme qu'afin de l'élever jusqu'à lui.

Pag. 216, vers 4.

Bientôt elle pénètre en ces grands arsenaux....

Virgile, dans le huitième chant de son Énéide,

représente les forges de Vulcain, où sont rassemblées les armes que les cyclopes fabriquent pour les
dieux. Cette magnifique description m'à inspiré le
désir de composer un arsenal céleste; le Tasse m'a-
voit précédé dans cette entreprise. Je n'ai point
prétendu joûter contre d'aussi grands écrivains; je
n'ai cherché qu'à être neuf, par les détails, dans un
sujet déjà traité deux fois d'une manière supérieure.

Pag. 219, vers 3.

O vous, de mon empire et l'orgueil et l'honneur.

J'ai trouvé dans la chronique de Senone, liv. III,
tom. II, les éléments du discours que je mets dans
la bouche de Philippe-Auguste. Quant à la proposi-
tion qu'il fit à ses soldats, en déposant sa couronne,
de la donner au héros qu'ils en jugeroient le plus
digne, comme elle est rapportée dans tous les histo-
riens, quoique je n'en aie pas vu de trace dans le
poëme de Guillaume le Breton sur *les faits et gestes
de Philippe-Auguste*, je n'ai pas cru devoir priver
mon poëme d'un si bel ornement.

CHANT XII.

Pag. 227, vers 1.

J'approche enfin du terme où doit finir ma course.

Horace, Ovide, et plusieurs poëtes anciens, ont terminé leurs ouvrages par un épilogue où ils s'applaudissent de leurs succès. Loin de partager leur confiance, je ne ressens, en approchant du terme de mon entreprise, que ce plaisir anticipé du voyageur près d'atteindre le sommet d'une montagne escarpée. C'est pour cela que j'ai placé les vers qui peignent ce sentiment dans le commencement de mon dernier chant plutôt que dans un épilogue.

Pag. 240, vers 12.

Des enfants de Soissons la milice grossière....

C'est l'aile gauche de l'armée qui, sous les ordres du comte de Saint-Pol, a engagé l'action. Ce grand capitaine, dont les savantes manœuvres contribuèrent beaucoup à la victoire de Philippe, avoit eu part avec Montmorenci à la prise de Constantinople. Je dois à Guillaume le Breton une partie des traits qui m'ont servi à représenter cette illustre bataille, l'une des plus acharnées que les Français aient jamais livrées.

25.

Pag. 244, vers 3.

Frère du roi, pontife et soldat il étale...

Ce fameux évêque, frère du roi, avait été fait prisonnier par Richard Cœur-de-Lion, qui le retint long-temps en captivité; et le pape avoit sollicité sa délivrance, alléguant à ce monarque qu'il n'avoit pas le droit d'infliger une punition à un prince de l'Église. Richard, pour toute réponse, lui envoya la cuirasse, le casque et la massue du belliqueux évêque, en lui demandant s'il reconnoissoit les ornements pontificaux du prélat qu'il réclamoit.

Pag. 246, vers 8.

Et brûlant d'éviter l'opprobre qu'il redoute.

J'ai cru devoir conserver à Plantagenet son caractère pusillanime, tellement constaté par l'histoire, qu'il n'est pas permis de le dissimuler.

Pag. 247, vers 9.

C'est là qu'aux fiers Teutons n'accordant nulle trève.

J'ai supprimé dans mon poëme le personnage de Guérin, grand-maître des Templiers, à qui Philippe avoit confié la conduite générale de son armée. Je n'aurois pu parler de lui qu'en le mettant sur la ligne de Montmorenci, et j'aurois détruit ainsi tout l'effet de ma composition.

Pag. 249, vers 15.

Et leur dit : Compagnons, qu'une hache m'enlève....

Cette résolution terrible de se faire amputer un
bras sur le champ de bataille , est de mon imagination ; elle m'a paru digne de Montmorenci et de son
courage. On sait qu'il eut une grande part à la victoire remportée par Philippe , qui lui permit d'ajou-
ter dix alérions à ses armoiries , en mémoire des dix
drapeaux enlevés par lui aux ennemis. J'ai osé prendre une grande licence , en le faisant mourir de ses
blessures ; car il est notoire qu'il vivoit encore sous
le règne de saint Louis : mais ce droit d'avancer
la mort d'un héros est acquis dès long-temps à l'épopée , ainsi qu'à l'art dramatique. Tous les poëtes
grecs en ont fait usage ; et l'on sait que Virgile a pris
une bien plus grande licence en fondant son magnifique épisode de Didon sur un anachronisme de deux
cents ans.

Pag. 251, vers 19.

Boulogne loin de lui répandant la terreur....

Je me suis bien gardé de mettre Boulogne en présence de Montmorenci , car je n'aurois pu le faire
valoir qu'aux dépens de ce héros. Il n'occupe la scène
qu'après sa mort , et devient tout à coup une grande
puissance , qui change la face des affaires , et com-

bat avec une opiniâtreté terrible, jusqu'au moment où Philippe l'immole à sa juste vengeance.

Pag. 257, vers 1.

Sa noblesse, grand Dieu ! comment la dépeindrai-je?

On sait qu'à la bataille de Bovines la noblesse française a péri pour défendre la France et son roi.

Pag. 260, vers 7.

Plus de France, a-t-il dit ; c'en est fait, sans retour.

Ici le fils du roi fait le même personnage que le Troyen Panthée, dans l'Énéide, lorsque interrogé par Énée il s'écrie :

Venit summa dies et ineluctabile tempus
Dardaniæ, fuimus Troes, etc. etc.

Rien n'est plus propre, sans doute, que ce récit surprenant à faire ressortir l'héroïque résolution de Blanche, quand, s'emparant de son fils, elle le montre aux fuyards, pour les rallier autour de lui, et les ramener au combat : mais Boulogne vient dissiper cette lueur d'espérance, il la charge de fers avec toute la famille royale. Alors, quand tout semble désespéré, l'oriflamme céleste, confiée au chevalier Montigny, vole au secours du roi, relève tout, ranime tout, et produit cette grande péripétie que pré-

sente l'histoire elle-même. A peine Philippe, foulé
sous les pieds des chevaux, est-il monté sur celui de
Tristan, qu'il rallie ses troupes, fond sur les Impériaux, et triomphe comme par enchantement.

Quant à l'étrange apparition du cadavre de Montmorenci, que je fais contribuer à la victoire des
Français, c'est une fiction dont j'ai trouvé les éléments dans l'histoire du Cid, qui, replacé sur son
cheval après sa mort, et armé de pied en cap, fut
offert par son armée aux yeux des ennemis, et força
la fortune, encore indécise, à se déclarer pour les
Espagnols.

Pag. 270, vers 15.

Quand, voulant mettre un terme à cette violence...

J'ose prendre encore ici une grande licence, en
faisant immoler Boulogne par Philippe, lorsqu'il est
constant qu'il survécut à la bataille de Bovines, et
fut enfermé, par les ordres du roi, dans la ville de
Bapaume, mais il convenoit, ce me semble, que
Boulogne, ayant été, dans le cours de mon poëme,
l'ennemi le plus acharné contre le roi, fût immolé
par lui, comme Turnus par Énée ; cette mort m'a
paru nécessaire à la conclusion de mon ouvrage.

Pag. 272, vers 12.

Du grand Montmorenci l'ame au sein des vapeurs....

Je crois avoir saisi la seule manière possible de

rappeler le nom de Montmorenci sans jeter un voile de tristesse sur la victoire éclatante remportée par Philippe. Cette grande vision de l'ame du premier baron chrétien, qui emporte dans les nues l'oriflamme céleste, ne présente rien de funèbre à l'imagination. C'est une apothéose dont l'éclat se réfléchit sur l'armée française, et lui donne un gage de la faveur du Tout-Puissant.

FIN DES NOTES DU TOME SECOND.